I0613718

soeur Angèle

# SOEUR ANGÈLE

ou

# LA FILLE ADOPTIVE.

4º SÉRIE GRAND IN-8º.

# SŒUR ANGÈLE

OU LA

# FILLE ADOPTIVE

PAR

MÉDÉRIC FLAMBARD.

LIMOGES,

Eugène ARDANT et C. THIBAUT,

ÉDITEURS.

# SŒUR ANGÈLE.

## CHAPITRE PREMIER.

### Une Famille vendéenne.

Il y a sur les bords de la verte Vendée, à quelques lieues de Fontenay-le-Comte, un charmant village ombragé de peupliers : c'est Velluire.

Nous n'avons pas à nous occuper, dès le début de cette histoire, si l'origine de Velluire se perd dans la nuit des temps ; nous dirons cependant qu'au moyen-âge les seigneurs de Velluire, dont les tourelles se miraient dans la rivière, exerçaient quelque peu, à l'exemple de leurs collègues des alentours, et au grand effroi des voyageurs, le brigandage et la piraterie d'eau douce ; mais

c'étaient, au demeurant, de parfaits gentils-
hommes, toujours prêts à partager avec les
plus pauvres de leurs vassaux ce qu'ils
avaient pris de gré ou de force aux riches.

Il y a une quarantaine d'années, le château de Velluire et ses seigneurs étaient
passés à l'état de légende chez les paysans
descendants de leurs anciens vassaux; ce
qui veut dire que le temps, ce grand dé-
molisseur, avait impitoyablement abattu et
château et habitants; mais il n'avait pu
empêcher la jolie rivière de couler doucement ses ondes tranquilles au bord desquelles s'élevaient de pimpantes et agrestes
habitations, et bien que ce ne fût plus la
même verdure, les rives étaient toujours
aussi vertes, toujours aussi fleuries dans la
belle saison, comme si la nature eût voulu,
dans son éternelle renaissance, effacer les
traces des ruines et des débris que le temps
amoncelle de sa faux infatigable.

A cette époque, la Vendée était encore
un pays étrange. Cette épithète pouvait s'ap-

pliquer à la fois à la contrée et à ses habitants. Cette province, à peine guérie des luttes de la chouannerie, ressemblait à un convalescent qui essaye ses premiers pas après une longue maladie. Chez ce peuple où la notion de Dieu et du roi était si bien incrustée, il y avait encore des révoltes intérieures contre le régime national qui voulait abolir les frontières des provinces.

C'est dans ce pays, sur lequel l'histoire n'a pas encore dit son dernier mot, que vivait alors une famille composée d'un brave cultivateur et pêcheur, ainsi que le sont la plupart des riverains, d'une mère vendéenne dans toute l'acception du mot, et d'une fille de dix ans, du nom de Victorine. Ces braves gens vivaient modestement du produit du petit champ patrimonial que le père arrosait de ses sueurs, un peu du lin que filaient la mère et la fille, et surtout de la pêche que Jean Chesnedieu, aussi intrépide marinier que bon père de famille, apportait à la maison.

Le digne homme passait une partie de
ses nuits sur l'eau, et personne n'était plus
heureux que lui quand il pouvait, sur le
produit de ces heures prises à son repos,
faire quelque cadeau à sa femme et à sa
fille. Pour lui, sobre et économe, il ne connaissait d'autres délassements que les offices
du dimanche et des fêtes, ou la lecture
pieuse que Victorine lui faisait de temps en
temps à la veillée, car depuis trois ans elle
lisait à merveille.

Le bon curé de Velluire, qui avait reconnu
dans cette enfant une précoce intelligence,
s'était plu à former le cœur et l'esprit de la
petite paysanne. Sous sa haute coiffe vendéenne, Victorine avec ses cheveux châtains
en bandeaux ondulés, ses grands yeux bruns
méditatifs, sa bouche sérieuse, était attrayante au possible. On l'eût facilement
prise pour l'enfant de quelque grande dame
qu'un caprice maternel avait attifée d'habits
villageois ; sa figure attirait sympathique-
ment les regards, et il ne fallait pas être un

observateur infaillible pour deviner qu'une destinée sérieuse était réservée à cette petite fille de dix ans.

Madame de Langon, dont le château s'élevait à peu de distance de Velluire, avait remarqué, elle aussi, la physionomie profondément intelligente de la petite Chesnedieu. Elle avait un petit garçon presque du même âge que Victorine; et quatre ou cinq ans auparavant, dans une promenade qu'elle faisait à pied avec son fils Edmond, ce dernier ayant aperçu la petite paysanne, s'était mis à jouer avec elle avec tout l'abandon des bambins de son âge. Victorine, de son côté, s'était prise d'amitié pour ce petit monsieur frais et blondin, qui « n'était pas fier pour un noble, » avait-elle dit.

Depuis cette rencontre, Victorine était allée au château plusieurs fois par semaine pour y jouer avec Edmond, et au moment où s'ouvre notre récit, l'amitié des deux enfants n'avait fait que s'accroître. Edmond considérait comme sa sœur la petite pay-

1.

sanne, et cette dernière ne faisait aucune difficulté pour l'appeler son frère.

La baronne de Langon (nous avions oublié de décliner son titre) encourageait avec plaisir cette affection, et son cœur maternel se complaisait à voir la figure sérieuse de Victorine s'éclairer d'un doux sourire, aussitôt qu'elle apercevait les boucles blondes du futur baron. Veuve de bonne heure, madame de Langon, quoique fort belle encore, avait repoussé toutes tentatives en vue d'un second hymen, et depuis la mort de son mari, qui avait péri glorieusement en Espagne, il n'y avait de place dans son cœur que pour le sentiment maternel.

Depuis quelque temps déjà, Victorine assistait aux leçons que le précepteur d'Edmond donnait à ce dernier, non sans peine, car la pétulance du petit garçon était extrême. Mais il suffisait d'un signe de sa petite amie pour le rendre attentif jusqu'au moment où, sa légèreté naturelle reprenant le dessus, il renversait les livres, sautait au cou de Victorine et lui disait de sa voix la plus câline : Allons jouer!... Et la sérieuse Victorine courait avec lui dans les allées sablées du parc, faisant courir après eux Black, le gros terre-neuve, qui poussait de joyeux aboiements en agitant en éventail sa queue empanachée. Même à de certains moments, le brave animal servait complaisamment de monture au folâtre Edmond, et alors c'étaient des éclats de rire que répétaient les échos du château et qui réjouissaient le cœur de la bonne mère. Victorine, à la suite de ces visites, ne revenait jamais les mains vides à la maison paternelle, et sans rien garder pour elle-même, remettait fidèlement à ses parents tout ce que la baronne lui avait donné.

# CHAPITRE II.

## Catastrophe.

La famille Chesnedieu, grâce au travail du père et de la mère, aux libéralités de la baronne envers Victorine, vivait donc, sinon dans l'abondance, au moins depuis quelques années à l'abri du besoin. Tout allait à merveille : le fuseau de la mère n'avait jamais filé de plus beau lin, le petit champ était admirablement cultivé, la pêche abondante, et Victorine croissait en intelligence et en grâces. Mais, hélas! le bonheur fut-il jamais durable sur cette terre? Ce fut au moment où les braves gens remerciaient Dieu avec effusion d'avoir béni leur travail

et de leur avoir accordé une fille qui promet-
tait les plus belles espérances, que la main
du malheur vint s'abattre sur leur tête,
puisqu'il était écrit dans les immuables
décrets de la Providence qu'une catastrophe
pouvait seule changer la condition de Victorine et la conduire aux fins que Dieu s'était
proposées à son égard.

Un soir d'hiver, Jean Chesnedieu s'em-
barqua, comme à l'habitude, pour jeter ses
filets dans un endroit de la rivière situé à
une demi-lieue en aval de sa demeure. Rose,
sa femme, était restée à filer au coin de
l'âtre, pendant que Victorine lisait à sa mère
un passage de la vie de sainte Thérèse. La
pieuse Vendéenne écoutait avec recueillement la douce voix de sa fille, dont le lan-
gage épuré se ressentait de ses visites au
château de Langon et des leçons du curé.
Victorine lisait admirablement, s'interrom-
pant seulement de temps à autre pour écouter le vent qui gémissait au-dehors dans les
peupliers privés de feuilles.

— Le père n'aurait pas dû sortir par ce mauvais temps, dit-elle tout-à-coup. La rivière est grosse, et il n'y a guère que lui, de tout le village, qui ait osé aller à la pêche cette nuit. Le courant est fort, et près des ponts il y a des tourbillons dangereux. Ma mère, vous auriez dû le faire rester avec nous.

— Ah ! bien oui, fit Rose, avec ça qu'il entend de cette oreille-là, ton père ! Pour lui, il n'y a pas de temps qui l'empêche d'aller à ses filets ; il dit que c'est bon pour les pêcheurs des Sables (1) qui vont en mer ; mais pour ce qui est de la rivière, il dit toujours qu'il n'y a pas de danger pour un marinier qui ne se sert pas de voiles.

— Oui, ma mère, je sais bien qu'il ne s'en sert pas, puisqu'il n'a besoin que d'une perche pour naviguer en rivière, pourtant elle est bien forte, tout de suite, la rivière, et au milieu les perches ont du mal à trouver le fond.

(1) Les Sables-d'Olonne.

— Seigneur, mon Dieu, reprit la mère, épargnez-nous un pareil malheur! Que deviendrions-nous sans ton père? Le bon Dieu est bien trop juste pour nous enlever notre gagne-pain. Mon pauvre cher Jean! Ayez pitié de lui, Notre-Dame!...

Et la pieuse Rose, se signant, récita l'*Ave Maria*.

— Notre-Dame est la patronne des mariniers, elle protègera le père, fit Victorine en se signant aussi.

— Oui, chère enfant du bon Dieu, ayons confiance et continue à me lire dans ce livre, c'est si beau. Victorine reprit sa lecture.

Mais au bout de quelques instants elle fut obligée de s'interrompre de nouveau : au-dehors, le vent faisait rage et la rivière roulait ses flots avec un bruit lugubre. La Vendée, d'ordinaire si paisible, faisait clapoter ses ondes avec un sourd murmure.

La mère et la fille tremblantes entr'ouvrirent la porte. A l'extérieur le ciel était noir comme de l'encre, à peine si l'on dis-

tinguait l'eau qui passait en jetant par inter-
valles une lueur sinistre.

Tout-à-coup une rafale, pénétrant dans
la chaumière, éteignit la lampe, et Victorine
et sa mère se trouvèrent dans l'obscurité,
assiégées des plus noirs pressentiments.
Lorsque l'enfant, avec un sang-froid au-
dessus de son âge, eut rallumé la lampe,
apercevant la pâleur répandue sur le visage
de sa mère elle se pendit à son cou en
sanglotant.

— Bonne mère, murmura-t-elle à travers
ses larmes, bonne mère, du courage, le père
se sera mis à l'abri dans les canaux.

— Prions, ma chère fille, je crains que
cette nuit ne nous porte malheur !

Hélas ! la pauvre femme ne croyait pas si
bien dire !

. . . . . . . . . . . . . . . . . .

Jean Chesnedieu était en pleine rivière
quand l'orage éclata tout-à-coup. Le brave
homme ne s'en inquiéta guère tout d'abord.
Occupé de sa pêche, il ne s'aperçut qu'au

bout de quelques instants que la rivière, grossie par les pluies et l'orage, l'entraînait avec une violence irrésistible. Retirant rapidement ses filets, le brave marinier s'efforça avec sa perche de traverser en biais le courant pour aborder à la rive et y amarrer sa barque. Mais, soit qu'il se trouvât dans un endroit trop profond, soit que la rapidité du courant y mît obstacle, la perche n'atteignit pas le fond.

En vain il réitéra ses efforts, la maudite perche ne servait à rien. Oh! ce fut alors qu'il regretta de ne pas avoir apporté une paire de rames avec lui. Le bateau descendait, descendait toujours avec une rapidité vertigineuse, et les peupliers de la rive défilaient devant lui comme de noirs fantômes.

Tout-à-coup il entendit en avant de lui un bruit qui augmentait de seconde en seconde. Plus de doute, il approchait du pont de pierre, et le long des piles de ce pont, il allait se briser ou s'engloutir, car l'eau y formait de dangereux tourbillons.

Le sublime père de famille jeta au ciel
un éloquent regard de reproches, tendit en
avant sa longue perche pour déborder la
pile la plus rapprochée, et se roidissant dans
un effort suprême, attendit ce qu'il plairait
à Dieu de décider à son égard... Mais la
perche trop faible se brisa, la secousse ren-
versa Jean dans la rivière, à cet endroit terrible où l'eau faisait remous. Le froid eut
bientôt paralysé les forces de l'intrépide
nageur, un cri, appel suprême, retentit, une
main troua la surface de l'onde et la rivière
implacable se referma sur sa proie, pendant
que les débris de la barque continuaient à
descendre le courant avec une rapidité fan-
tastique, comme s'ils eussent voulu fuir le
théâtre du lugubre drame dont ils avaient
été les seuls témoins.

Nous nous trompons, il y avait un témoin,
Celui qui voit tout et qui devait recevoir
dans son sein la pauvre victime qui s'était
recommandée à sa miséricorde.

# CHAPITRE III.

Suite du précédent.

Le lendemain, à une demi-lieue de Velluire, on trouva dans les ajoncs de la rive le cadavre du pauvre Jean Chesnedieu. Il tenait encore dans sa main crispée par l'agonie la perche brisée de laquelle il espérait le salut, et qui avait été l'une des causes de sa perte.

L'heure était déjà passée où tout le monde était parti au travail. Dans l'humble chaumière du noyé se trouvait un groupe digne du pinceau d'un grand peintre.

A la tempête de la nuit avait succédé un calme relatif; le ciel était encore chargé de

nuages, mais le soleil commençait à les dis-
siper, et l'un de ses rayons pénétrant dans
la chambre basse éclairait la mère (qui ne
savait pas encore son veuvage, mais qui le
pressentait), abîmée dans sa douleur ; Victorine assise à ses pieds et levant sur elle
ses grands yeux bruns pleins de larmes, et
le vieux curé aux cheveux blancs, à la figure pleine de mansuétude, debout auprès
d'elles et s'efforçant d'insinuer dans leurs
âmes la résignation, à défaut de l'espoir
que lui-même ne partageait plus.

Un de nos meilleurs écrivains, Lamartine,
a dans d'admirables pages retracé la vie si
simple, si patriarcale, si pleine d'abnégation
du curé de campagne. Que d'âmes d'élite et
pourtant obscures dans ces presbytères villageois ! Que de bienfaits ignorés ! Que de
dévouements sublimes chez cet humble mi-
nistre du Dieu tout-puissant ! Il faut lire le
magnifique portrait du curé de village par
l'auteur des *Méditations* ; après cela il n'y a
rien à ajouter.

Eh bien! le curé de Velluire était un de ces hommes-là. Il eût pu servir de type au grand poète. A soixante ans passés, il avait conservé pour ses paroissiens toute l'ardeur de la jeunesse; à n'importe quelle heure du jour ou de la nuit il était prêt à voler au secours d'une infortune quelconque. On ne le voyait guère que dans les maisons que le malheur venait de visiter, ce qui ne l'empêchait pas d'avoir toujours pour les heureux quelques mots de gaieté cordiale, et de sourire paternellement en voyant le dimanche après vêpres la jeunesse s'ébattre sur la pelouse.

Il connaissait l'intrépidité de Jean Chesnedieu; aussi, lorsque la furie de l'orage fut un peu calmée, s'était-il empressé de se rendre à la chaumière. En voyant la mère et la fille seules et en pleurs, il avait tout compris et était resté... pour être ou le témoin de leur joie inespérée, ou pour leur offrir les consolations religieuses.

A ce moment un funèbre cortége s'avançait le long des berges de la rivière. Quatre hommes du village auprès duquel s'était accompli le drame que nous avons retracé dans le précédent chapitre, quatre mariniers portaient sur un brancard le corps de Jean Chesnedieu pieusement recouvert d'un linceul de chanvre. Ils marchaient lentement le long de la berge détrempée par la pluie, et en apercevant la chaumière où leur présence allait apporter le malheur, les braves gens ralentirent encore leur marche.

Tout-à-coup un cri terrible retentit : Rose, comme agitée d'un sinistre pressentiment, venait d'ouvrir la porte. D'un coup d'œil elle avait tout deviné, tout compris !...

Folle de douleur et de désespoir, elle se précipita sur le cadavre de son mari, couvrit de larmes et de baisers sa face inerte, et tomba chancelante entre les bras du curé, pendant que Victorine faisait retentir l'air de ses sanglots enfantins.

En revenant à elle, la veuve éplorée s'écria en étendant le bras vers la rivière :

— Oh ! Vendée ingrate, rivière maudite, rivière impitoyable, pourquoi m'as-tu enlevé mon pauvre Jean ? Il t'aimait trop... rivière jalouse... tu as voulu le prendre pour toi seule... Eh bien ! continua-t-elle avec un rire convulsif... tu ne l'auras pas... mon cher mari !... Le bon Dieu est juste, et il te l'a ôté... pour le rendre à la terre... pour que sa fille et moi nous puissions prier sur sa tombe... Ah ! ah ! ah !... Non, tu n'auras pas mon homme, rivière maudite !... Et elle fondit en larmes...

— Pleurez, Rose... pleurez... fit le vieux prêtre ; cela soulage... les larmes !... pleurez, pauvre femme... votre cœur était trop plein, la douleur vous eût étouffée..

— Ah !... monsieur le curé... mon pauvre homme, lui qui était si pieux... si bon... ah ! j'irai bientôt le rejoindre... voyez-vous, ce coup-là me tuera...

— Et votre fille ? Croyez-vous que l'âme de votre mari sera contente de vous voir abandonner votre fille ?...

— Oui, c'est vrai ; ma pauvre fille, ma Victorine, il n'y a plus que toi pour me consoler ; ah ! viens, viens embrasser ta pauvre mère !

C'était une scène déchirante. La veuve affolée serrait en pleurant sa fille sur son cœur, et trouvait, au milieu de ses sanglots, de ces paroles entrecoupées qui impressionnent plus profondément les âmes que l'éloquence étudiée. Où puisait-elle cette éloquence sublime, cette pauvre Vendéenne sans instruction, sans lecture ?

Dans son cœur d'épouse et de mère chrétienne ; oui dans le cœur, *cette lyre vivante* (1) dont la douleur fait vibrer les cordes avec une céleste poésie.

Le curé lui-même pleurait, et murmurait :

— Rose, pensez à Dieu et à votre fille !... de la résignation... Vous êtes chrétienne, Rose, ne vous laissez pas abattre par le chagrin. Allons, mon enfant, refoulez

(1) Lamartine.

votre douleur pour essuyer les larmes de votre fille...

La nouvelle de la catastrophe se répandit avec la rapidité de l'éclair dans les environs ; Jean Chesnedieu était aimé de tous ; et bientôt le curé put quitter la chaumière et vaquer aux occupations de son ministère, laissant Rose et sa fille entourées de voisines affectueuses. Madame de Langon et Edmond lui-même ne tardèrent pas à arriver. Le corps du pêcheur était sur le lit, recouvert du drap mortuaire ; des cierges apportés du château furent allumés autour de la couche funèbre, et le cœur de la pauvre paysanne fut profondément remué en voyant la baronne agenouillée en prières, et le petit Edmond en pleurs, tenant Victorine par la main et balbutiant aussi à genoux de sa voix enfantine :

« Sainte Marie, mère de Dieu, priez pour mon bon ami Jean Chesnedieu, qui était le père de ma petite sœur Victorine... »

# CHAPITRE IV.

Orpheline.

Les funérailles de Jean Chesnedieu furent
ce que sont au village les funérailles d'un
homme de bien. Il n'y eut pas, comme à la
ville, une longue file de voitures à suivre le
deuil, pas de char funèbre avec chevaux
caparaçonnés et ornés de plumes, pas d'innombrables cierges dans l'église, non plus
que de touchantes mélodies écloses sur l'or-
gue sous la main habile du maître de chapelle ; mais toute la population de Velluire
et de nombreux habitants des localités voisines y assistaient ; huit des principaux du

village portaient tête nue le simple cercueil
recouvert du drap mortuaire ; les parents et
amis du défunt, revêtus de leurs habits de
deuil, laissaient voir leurs visages empreints
d'une tristesse profonde ; dans la modeste
église du village il n'y eut d'autres honneurs
que quelques cierges allumés, d'autres mélodies que les psaumes sacrés psalmodiés
par les voix mâles des chantres et accom-
pagnés par les sanglots de l'assistance. Puis
on s'achemina vers le cimetière, le curé
d'une main tremblante bénit la fosse, chacun l'aspergea d'un peu d'eau bénite... et ce
fut tout. La cérémonie était terminée, mais
la foule se retira profondément recueillie,
et ces simples funérailles furent plus impo-
santes que celles d'un grand de ce monde,
car le vieux prêtre, avant de bénir la fosse,
avait dit d'une voix entrecoupée par l'émotion :

« Mes enfants, je vous remercie pour Jean
Chesnedien, c'était un bon chrétien, un
honnête père de famille, de là-haut il nous

voit tous prier pour lui. Jean Chesnedieu, repose en paix, et prie pour nous. »

Après ces simples paroles, le bon vieillard laissa tomber un peu de terre sur le cercueil...

Oh! cérémonies du village, que vous êtes grandioses dans votre simplicité !...

. . . . . . . . . . . . . .

Nous renonçons à peindre l'abattement de la veuve et de sa fille. Sans les consolations empressées dont la bonne madame de Langon entourait l'une, et les tendres caresses que le petit Edmond prodiguait à l'autre, elles eussent succombé à leur douleur dans cette triste journée. La baronne leur fit prendre un peu de nourriture avec un doigt de vieux vin dont elle avait fait apporter quelques bouteilles, et ne les quitta que lorsqu'elle les vit un peu calmées.

Le curé revint le lendemain, et ses bonnes et pieuses exhortations produisirent un effet salutaire. Au lieu d'éviter tout ce qui pourrait raviver la blessure saignante de la pau-

vre femme, il ne fit que s'entretenir avec
elle des vertus chrétiennes et domestiques
du défunt. Il exalta ses sentiments religieux,
son amour pour sa femme et sa fille, son
ardeur et sa constance au travail, enfin l'es-
time générale dont il jouissait à juste titre.
Le saint vieillard savait de longue expérience qu'il n'y a rien de tel pour soulager
une grande douleur morale que de faire
couler en abondance les larmes de la personne affligée. Cette bonne visite fit du bien
à la mère et à la fille, car Victorine, quoique
dans un âge fort tendre, était, vu le caractère
sérieux dont elle était douée, susceptible
des sensations d'une grande personne.

Après le départ du bon pasteur, l'excellente et pieuse petite fille fit tous ses efforts
pour mettre un peu de baume dans le cœur
endolori de sa mère. Malheureusement, la
santé de la pauvre femme n'avait jamais été
des plus vigoureuses, et lorsque la baronne
de Langon revint avec son fils, elle jugea à
propos de mander le médecin.

En effet, à l'exaltation fiévreuse de la première douleur avait succédé, chez la mère de Victorine, un profond abattement. Elle dut, sur l'ordre du médecin, se mettre au lit, et les soins les plus attentifs lui furent prodigués.

Victorine, avec une force extraordinaire puisée dans sa piété filiale, était toujours au chevet de sa mère, et ce n'était qu'à regret, et sur les instances réitérées du curé et de la baronne, qu'elle consentait à goûter quelque repos. Même dans son sommeil, l'enfant était agitée et murmurait des mots sans suite, parmi lesquels on distinguait cependant : Mon Dieu!... ma mère!... mon pauvre père !...

Malgré le dévouement de ces âmes charitables et la science du médecin, l'état de Rose Chesnedieu ne tarda pas à devenir désespéré. Elle ne souffrait pas, physiquement du moins, mais l'abattement moral la faisait s'éteindre peu à peu comme une lampe qui manque d'huile.

Bientôt le curé dut se mettre en mesure de lui administrer les derniers sacrements. L'Extrême-Onction sembla rendre quelques forces à la mourante. Un peu de couleur revint sur ses joues pâles, elle demanda à être dressée sur son séant pour mieux recevoir le corps et le sang du Sauveur des hommes.

Un silence profond régnait dans la chaumière. La mourante était comme abîmée dans le recueillement de la prière et semblait avoir épuisé le reste de ses forces. La baronne de Langon et Edmond tout en larmes se tenaient auprès d'elle. Victorine, les yeux secs et enfiévrés, tenait entre ses petites mains les mains glacées de sa mère.

Tout-à-coup une secousse galvanique agita la moribonde. Ses yeux vitreux recouvrèrent momentanément leur éclat ; elle prononça distinctement ces mots :

— Que vas-tu devenir, ma pauvre Victorine ? Dans un moment tu n'auras plus de mère. Qui donc prendra soin de ton enfance ?

— Rose, vous m'oubliez donc, fit la baronne de Langon d'une voix émue. Ce sera moi, si vous le voulez, qui remplacerai sa mère, et je vous le jure, Rose, je l'aimerai comme si elle était ma fille.

— Merci, chère et noble dame, reprit la mourante avec dignité. J'accepte votre promesse que Dieu a entendue. Quand je serai là-haut, mon mari et moi nous prierons pour vous... Victorine, ajouta-t-elle en élevant la voix dans un effort suprême, Victorine, mon enfant chérie, jure-moi sur l'âme de ton père d'aimer ta mère adoptive, de te dévouer, de te sacrifier même s'il le faut pour son repos ou son bonheur.

Alors Victorine, cette petite fille de dix ans, élevant vers sa mère ses grands yeux mélancoliques, mit une main sur son cœur, étendit l'autre vers le crucifix que la mourante embrassait, et dit d'une voix singulière et profonde :

— Je le jure, ma mère !...

— Mèttez-vous tous à genoux, murmura la moribonde.

Tous obèirent.

— Mon Dieu, bénissez-les comme je les bénis... Ce furent ses dernières paroles.

.   .   .   .   .   .   .   .   .   .   .   .

Victorine, dont la douleur s'était jusqu'alors contenue, éclata en sanglots. Il y avait huit jours qu'elle avait perdu son père, et elle était déjà orpheline. Mais les baisers de la baronne et d'Edmond la ranimèrent; elle étendit de nouveau sa main vers le lit comme pour confirmer le serment qu'elle avait fait, et se jeta dans les bras de la baronne de Langon en s'écriant : Ma mère !...

# CHAPITRE V.

## La fille adoptive.

A partir de ce jour, Victorine Chesnedieu cessa d'habiter la chaumière paternelle pour partager l'existence de la châtelaine de Langon et de son fils. Mais si elle la quitta de fait, elle y habita toujours par la pensée, même au milieu du luxe qui l'entourait, car la baronne ne l'avait pas adoptée à demi, elle tenait loyalement son serment fait à la morte, et l'humble fille du pêcheur était traitée au château de Langon comme Edmond, l'héritier légitime, et les domestiques ne l'appelaient jamais autrement que Mademoiselle.

De son côté, la petite tenait religieusement sa promesse. Il était impossible de se montrer plus affectueuse, plus reconnaissante qu'elle à l'égard de la baronne. Son amitié déjà bien vive pour Edmond s'était encore accrue, seulement elle s'était faite plus sérieuse. La douleur avait mûri de bonne heure ce caractère déjà naturellement grave. Le petit baron, du reste, comprenant malgré sa pétulance l'immense perte que venait de faire sa sœur d'adoption, s'abstint dans les premiers temps des jeux bruyants qui faisaient autrefois leurs mutuelles délices : on laissa donc de côté les cerceaux, l'escarpolette, les courses à cheval sur le dos du bon gros Black, qui, lui aussi, semblait partager leur gravité et se contentait de les regarder avec ses yeux honnêtes et intelligents.

En revanche, le précepteur y gagna, et Edmond aussi. Les leçons furent mieux suivies, écoutées avec plus de recueillement. L'amour-propre s'en mêla, et le jeune de

Langon dut faire tous ses efforts pour ne
pas se laisser dépasser par sa sœur adoptive,
dont la merveilleuse intelligence paraissait
doublée depuis qu'elle était devenue orpheline.

L'éducation religieuse était loin d'être
négligée; et le bon curé de Velluire se montrait heureux et fier de ses élèves. Le caté-
chisme était toujours parfaitement su et
compris, et l'on pouvait déjà présager, sans
crainte de se tromper, que ces deux jeunes
âmes seraient capables de sentir dignement
toute la portée de l'acte important qu'elles
allaient accomplir.

Il ne faut pas s'y tromper, quoi qu'en
disent les détracteurs du catholicisme, la
première communion est l'acte qui décide
de toute une vie. Si l'enfant est pénétré profondément, dès cette époque, de la sublimité
de la morale chrétienne ; s'il envisage avec
crainte le redoutable moment où il s'unira à
Dieu ; si, à l'exemple du centurion, il reconnaît combien la faible nature humaine est

indigne d'un pareil honneur, vous pouvez hardiment en conclure que, si nombreux que soient dans l'avenir les écarts de cette âme, elle reviendra à Dieu. Le vent des passions l'agitera, sans aucun doute, nul n'en est exempt ici-bas, c'est dans la destinée de l'homme ; mais, semblable à l'aiguille aimantée, elle reviendra se fixer à son pôle nord immuable, après de nombreuses oscillations, mais elle y reviendra pour ne jamais plus s'en écarter.

Si, au contraire, malgré d'excellentes qualités naturelles, l'enfant a fait sa première communion avec légèreté, accomplissant cet acte machinalement, ne soyez pas étonné si tout-à-coup cette vie jusqu'alors en apparence droite et irréprochable vient à se déranger brusquement, et si cette âme tiède tombe d'un seul bond au fond de la perversité, pendant que les nobles vertus qui l'avaient conservée jusque-là s'évanouissent en fumée au premier souffle corrupteur.

Oui, croyez-le, chers lecteurs, la destinée

d'un homme est le plus souvent dans sa première communion. Les exemples ne manquent pas à l'appui de cette affirmation. C'est là une vérité qu'on ne saurait assez répéter aux jeunes gens, vérité dont le vieux curé de Velluire était pénétré comme toutes les personnes ayant quelque expérience en matière religieuse. Oui, la première communion décide de toute la vie.

Aussi, Edmond et Victorine, merveilleusement préparés, furent-ils édifiants dans cette touchante cérémonie. La baronne de Langon, avec une humilité toute chrétienne, avait décidé, de concert avec le digne prêtre, que ses deux enfants ne feraient pas leur première communion dans la chapelle du château, mais dans l'église du village, au milieu des jeunes garçons et des jeunes filles de leur âge.

Nous ne retracerons pas ici le tableau d'une première communion au village. Des plumes éloquentes se sont chargées de ce soin avec un talent qui ne laisse rien à

glaner après elles. Nous dirons donc à ceux
de nos lecteurs qui n'ont pas encore contem-
plé ce touchant spectacle : Profitez de la
première occasion, et voyez... A ceux qui en
ont déjà été les témoins ou les heureux
acteurs, nous dirons tout simplement : Sou-
venez-vous !...

La baronne de Langon versa de douces
larmes en embrassant ses deux enfants, dont
le front pur rayonnait d'innocence et de foi.
Nous disons ses deux enfants, car son noble
cœur ne faisait plus entre eux de différence.
Edmond, avec ses joues fraîches et ses boucles blondes, ses yeux bleus vifs et spiri-
tuels, était un charmant enfant ; mais Victorine, avec ses grands yeux baissés, son voile
blanc et sa démarche sérieuse, paraissait appartenir à une autre sphère.

Au sortir de l'église, la voiture les ramena
au château, où les attendait un superbe repas. Mais Victorine, comme absorbée dans la
joie de posséder son Créateur, toucha à peine
aux mets délicats que lui prodiguait sa

seconde mère. Aussitôt qu'elle put sortir de
table, elle s'empressa de descendre dans le
parc, et, légère comme un sylphe, croyant
n'être vue de personne, elle s'échappa dans
la direction de Velluire.

A la fois inquiets et curieux, Edmond et
la baronne la suivirent de loin avec précaution. Ils crurent tout d'abord qu'elle allait à
l'église, et cela leur parut extraordinaire,
puisque le château possédait une chapelle ;
mais ils reconnurent bientôt leur erreur. La
jeune fille passa devant l'église, d'ailleurs
fermée à cette heure, et pénétra dans le cimetière, qui s'étendait derrière la demeure du
Très-Haut. Plus de doute, elle allait prier
sur la tombe de ses parents. Continuant à
s'avancer avec précaution, la mère et le fils
ne tardèrent pas à l'apercevoir agenouillée
dans l'herbe haute. Ils la virent ôter sa couronne de communiante, la poser tour à tour
sur chacune des tombes, dont elle baisa respectueusement les bords, et les paroles suivantes retentirent jusqu'à eux :

« Mon Dieu, en ce jour solennel, je vous renouvelle le serment fait à ma mère mourante. Oui, bon père et bonne mère, du haut du ciel où sont vos âmes, priez Dieu pour ma mère adoptive et pour mon frère Edmond. Faites que je puisse tenir ma promesse en me sacrifiant pour leur bonheur. »

Après cette courte prière, Victorine baisa de nouveau les deux tombes, ramassa sa couronne et s'enfuit au château, sans se douter que la baronne et Edmond y rentraient en même temps, vivement impressionnés de ce qu'ils venaient de voir et d'entendre.

# CHAPITRE VI.

## L'épidémie.

Deux ans s'étaient écoulés depuis la première communion d'Edmond et de Victorine ; ils entraient dans leur quinzième année, et leur vie n'avait pas eu jusqu'alors d'autres incidents que ceux que nous avons retracés, quand la petite vérole se répandit tout-à-coup dans Velluire et les campagnes environnantes.

Madame de Langon, en mère prudente et sage, prit toutes les précautions nécessaires pour préserver ses enfants de l'épidémie.

Bien que leur désir fût vif de porter eux-

mêmes aux malades nécessiteux les secours
dont ils avaient besoin, il leur fut interdit
de sortir du château ; la bourse de la baronne vint largement en aide à ceux qui
souffraient, mais Edmond et Victorine, dans
l'intérêt de leur santé, durent contenir momentanément leur zèle charitable.

Malgré toutes ces précautions, Edmond
fut atteint le premier au château. Les épidé-
mies, comme les douleurs morales, ne font
aucune distinction de rang ou de personnes.
Le pauvre Edmond ne fut donc pas respecté,
et au bout de huit jours l'adolescent frais et
rose, qui faisait l'orgueil de sa tendre mère,
était devenu méconnaissable.

Il est facile de se faire une idée des angoisses de la baronne et de Victorine. Cette
dernière, que l'on écartait avec soin et à qui
l'entrée de la chambre du malade était in-
terdite, se trouvait en proie à une exaltation
indicible. En vain elle avait supplié la baronne de la laisser veiller près de son cher
malade, celle-ci s'était montrée inflexible.

— Tu as donc envie de la contractèr, toi aussi, et de te voir la figure couverte de boutons?

— Je n'ai pas peur, chère maman, laissez-moi soigner Edmond.

— Non, ma fille, il y a trop de danger.

— Alors, pourquoi vous y exposez-vous?

— Je suis sa mère, c'est différent.

— Et moi, ne suis-je pas sa sœur?

— Toi, tu es une excellente fille, et c'est justement pour cela que je ne veux pas que tu te mettes dans le cas d'être malade.

Telle était à peu près la conversation qui plusieurs fois par jour avait lieu entre la baronne et Victorine, conversation qui aboutissait toujours à déterminer chez la sœur adoptive d'Edmond un déluge de larmes.

Une nuit où la baronne accablée de lassitude venait de s'assoupir vaincue par la nature, qui ne perd jamais ses droits et les réclame même du dévouement maternel, la porte de la chambre du malade s'ouvrit doucement, et Victorine s'avança avec précaution vers le lit pour ne pas réveiller la baronne.

Edmond, que le délire avait abandonné la veille, se réveilla sous le baiser fraternel de Victorine.

— Comment, c'est toi ?

— Chut ! fit-elle en lui montrant du doigt madame de Langon endormie... Enfin, continua-t-elle à demi-voix, il m'est donc possible de t'embrasser ; il y avait si longtemps que je n'avais eu ce bonheur.

— Chère petite sœur ! je suis bien changé, n'est-ce pas ?

— Oui, tu n'as plus tes fraîches couleurs...

— Je suis devenu laid, et je crains bien que l'on ne m'aime plus...

— Méchant ! tu sais bien que ce n'est pas vrai ; il me semble, au contraire, que je t'aime encore davantage.

— O mon Dieu ! fit Edmond tout-à-coup, et moi qui oubliais... va-t'en bien vite,

Victorine, le médecin assure que ça s'at-trape... la petite vérole...

— Tant pis ! j'aime mieux l'attraper que de rester si longtemps sans te voir en te sachant malade ; et puis, il n'y a peut-être pas de danger, puisque maman qui te soigne n'a encore rien eu.

Sur ces entrefaites la baronne se réveilla, et fut douloureusement surprise en aperce-vant Victorine'près de son fils.

— Eh bien ! fit-elle en essayant de se montrer sévère, c'est comme cela qu'on m'obéit !... Je croyais, Mademoiselle, vous avoir formellement interdit l'entrée de cette chambre.

— Oh ! chère maman, pardonnez-moi, mais je serais plutôt tombée malade de cha-grin... Oh ! dites-moi que vous n'êtes pas en colère contre moi, et que vous me per-mettez de vous aider à soigner Edmond..

— Chère imprudente, dit en l'embrassant la baronne émue jusqu'aux larmes, chère imprudente, je te pardonne de grand cœur, mais j'ai peur pour toi.

— Ne vaut-il pas mieux que la maladie me prenne plutôt qu'Edmond?

— Noble cœur... va, je te pardonne et je t'aime.

A partir de ce moment, Victorine tint assidûment compagnie à son cher malade. La baronne et elle se relayaient à tour de rôle pour prendre les quelques heures de repos qui leur étaient indispensables.

Enfin, grâce à sa jeunesse, aux soins dévoués dont il était entouré, Edmond fut en état, quelques jours, après de se lever et de descendre dans le parc, soutenu par sa mère et sa sœur adoptive.

Il était bien heureux, le jeune convalescent, car la convalescence est une seconde naissance où tout sourit aux yeux... tout est occasion d'émotions douces. On salue comme de vieux amis les arbres du chemin et la nature entière, on se sent le cœur gonflé de douces larmes. Il semblait au jeune homme que son affection pour Victorine avait doublé depuis sa maladie ; il comprenait en l'admirant le noble dévouement de l'orpheline, et ses regards émus disaient éloquemment combien son âme en était touchée.

Malheureusement, la petite vérole est un hôte funeste qui n'a pas impunément habité pendant quelque temps le château ou la chaumière.

Au moment où tous se réjouissaient de la convalescence d'Edmond, Victorine tomba malade. Soit que les veilles au chevet de son frère eussent déterminé une fatigue suivie de prostration, soit que dans les baisers fraternels qu'elle lui avait donnés la contagion l'eût gagnée à son tour, soit influence de l'air qu'elle avait respiré auprès du malade, toujours est-il que la charmante fille fut atteinte d'une façon terrible.

Pendant plusieurs jours, on craignit pour sa vie. Elle était horriblement défigurée, et dans son délire demandait à Dieu de la faire mourir, parce que, disait-elle, elle était devenue si laide qu'on ne l'aimerait plus... Sa mère et son frère étaient désespérés. Tous deux s'accusaient d'avoir causé sa maladie, sa mort peut-être.

Edmond, impressionnable comme on l'est à son âge, se disait que Victorine était martyre de son affection pour lui. Il était trop jeune encore pour que ce sentiment changeât de nature, mais de cette époque data pour l'orpheline une nouvelle ère d'attachement.

— Noble enfant, disait la baronne à son fils, noble fille, j'avais prévu cela, aussi lui avais-je tout d'abord défendu de te soigner ; mais chez elle le dévouement est incarné, c'est la suite de la promesse qu'elle fit au cimetière le jour de sa première communion. T'en souvient-il, Edmond ?

— Oh! oui, chère mère, je m'en souviendrai tant que je vivrai, répondit le jeune homme en fondant en larmes...

Dieu eut pitié de la douleur de ces deux

âmes chrétiennes : il avait sans doute décidé,
dans sa justice, que l'heure n'était pas encore venue de rappeler Victorine auprès de
lui ; et, le délire ayant cessé, elle put embrasser Edmond et sa mère, au moment où
le médecin, la déclarant hors de danger,
assurait que son visage ne conserverait
aucune trace de petite vérole.

# CHAPITRE VII.

## Emma de Vix.

Quelques jours après la guérison de Victorine, madame de Langon reçut une nouvelle qui devait, par les conséquences qui en furent la suite, avoir une bien grande influence sur l'existence des habitants du château.

La sœur de la baronne, mariée au marquis de Vix, était veuve aussi depuis quelques années. La mort prématurée de son mari l'avait plongée dans une mélancolie profonde qui minait sourdement sa vie. Elle avait une fille du nom d'Emma, âgée d'en-

viron treize ans, et c'était sur le lit qu'elle
ne devait quitter que pour entrer dans la
tombe, sa fille agenouillée en pleurs auprès
d'elle, qu'elle avait écrit à sa sœur la lettre
suivante :

Château de Vix, le ..... 18....

« Ma chère sœur,

» Lorsque tu liras ces lignes que je trace
d'une main tremblante et glacée, j'aurai été
rejoindre dans un monde meilleur mon
époux bien-aimé.

» Quand je fus frappée de ce coup terrible,
je croyais trouver dans mon amour maternel
la force suffisante pour ne pas succomber.
La douleur de l'épouse a vaincu le courage
de la mère, et depuis le jour fatal où j'ai appris la mort d'un mari chéri, je n'ai fait que
languir.

» Certes, si au moment de retrouver celui
que j'ai tant pleuré, il me reste quelque
amertume dans l'âme, c'est pour ma fille
chérie, pour toi ma sœur aînée, qui fus tou-

jours si bonne à mon égard. Ma pauvre Emma
n'aura bientôt plus de mère, tu lui en ser-
viras, n'est-ce pas?

» Oh! si Dieu, dans sa céleste bonté, voulait exaucer le vœu le plus cher d'une mourante, je lui demanderais à mains jointes de
faire en sorte que ton Edmond vînt à aimer
mon Emma et à l'épouser, afin que tu de-
viennes véritablement sa mère par le sang,
comme tu la seras, j'en suis certaine, par le
cœur. Quoi qu'il arrive, je pars convaincue
que ma fille ne sera pas abandonnée. Craindre le contraire serait te faire injure.

» De là-haut mes prières vous accompagne-
ront; de là-haut mon époux et moi nous
vous bénirons tous.

» Adieu, sœur aimée, ou plutôt à... Dieu.

» LOUISE DE VIX. »

La baronne de Langon fut douloureusement surprise à cette lecture; elle savait sa
sœur malade depuis longtemps, mais il y
avait à peine six mois elle l'avait jugée

capable de vivre encore quelques années.

Edmond et Victorine s'associèrent au chagrin de leur mère, et il fut décidé que l'on
partirait le soir même pour le château de Vix.

Mais, comme l'avait prévu madame de
Langon, tous trois arrivèrent au moment où
venait de sonner le trépas de la châtelaine,
et ils trouvèrent recouvert du suaire lugubre
son corps, auprès duquel priait Emma l'orpheline, Emma qui n'avait plus qu'eux à
aimer ici-bas.

La jeune héritière du marquisat de Vix
était une enfant gracieuse, bien plus faite
pour le rire que pour les larmes. Son chagrin était cependant profond, mais il était
facile de prévoir que ce caractère léger ne
tarderait pas à oublier.

Emma était de ces organisations malheureusement trop nombreuses qui, comme
un miroir fragile, prennent toutes les impressions sans que ces dernières y laissent la
moindre trace. Elle était néanmoins charmante, et ce fut avec une convenance par-

faite qu'elle reçut les caresses et les consolations que la baronne, Edmond et Victorine lui prodiguèrent à l'envi.

Cette dernière surtout, orpheline comme Emma, et se rappelant tout ce qu'elle avait souffert, trouvait dans son âme aussi élevée que compatissante les plus douces paroles pour la jeune cousine d'Edmond. Nous devons constater toutefois qu'Emma ne paraissait pas montrer beaucoup de prédilection pour la fille adoptive de madame de Langon. Soit fierté de race vis-à-vis de la fille du paysan Chesnedieu, soit conscience instinctive de la supériorité de Victorine, et soit pressentiment qu'elle pourrait en être jalouse plus tard, elle accueillit froidement les avances cordiales qui lui furent faites, et si elle se montra sensible aux attentions d'Edmond et de sa mère, elle eut l'air d'accepter les condoléances de Victorine avec une morgue dont toute autre que la pieuse enfant eût été blessée.

Dès que les funérailles de la marquise de

Vix furent terminées, madame de Langon
ramena chez elle son fils et ses deux filles
adoptives, laissant la direction des domaines
de Vix à un intendant capable et intelligent.

Le retour s'effectua tristement. Emma,
malgré son insouciance habituelle, n'avait
pas quitté sans de profonds regrets les allées
du parc qui avaient reçu l'empreinte de ses
premiers pas, et où reposaient les restes de
sa mère; mais au bout de quelques semaines de séjour au château de Langon, elle
reprit sa pétulance naturelle, et devint pour
Edmond, à qui la gravité de Victorine en
imposait un peu, une compagne aussi folâtre
que lui.

Les études, par exemple, furent un peu
plus négligées, et les promenades à cheval
et en bateau parurent être mieux goûtées
que les leçons du précepteur, et Edmond,
sans cesser d'aimer profondément Victorine,
eut bientôt conçu pour Emma une toute fraternelle affection.

Avec elle, il badinait sans aucune gêne,

et lorsqu'ils se promenaient à cheval, Emma, sous le costume d'amazone, ne lui semblait pas appartenir à un autre sexe, et volontiers il l'eût traitée sans plus de conséquence qu'un garçon de son âge. La baronne se réjouissait de leur intimité ; elle y voyait le gage futur de l'accomplissement du vœu formé par sa sœur mourante ; elle croyait que la réserve toujours croissante d'Edmond à l'égard de sa fille adoptive provenait de leur affection fraternelle, et que son abandon sans gêne pour Emma faisait présager un accord plus intime. La bonne mère se trompait grandement.

Depuis le dévouement que Victorine lui avait témoigné durant sa maladie, dévouement qu'elle avait failli payer de son existence, Edmond n'était devenu d'autant plus réservé avec elle que, l'âge aidant, son affection avait changé de nature. Il était encore trop jeune pour bien comprendre le motif de ce changement, mais cependant il avait trouvé dans un coin de la bibliothèque du château quelques vieux romans de chevalerie, et l'imagination venant en aide au cœur, il s'était cru lié vis-à-vis de Victorine par les obligations d'une éternelle reconnaissance. De là à penser à lui consacrer sa vie en l'épousant, il n'y avait qu'un pas, et ce pas, son esprit romanesque l'eut bientôt franchi.

Ainsi, tout en témoignant de plus en plus de familiarité à Emma, il contribuait sans le vouloir à entretenir le cœur de sa mère dans une douce mais dangereuse erreur. Victorine souffrait intérieurement de cette réserve de son frère adoptif, mais n'en laissait rien paraître. Il fallut l'intervention d'une circonstance à laquelle on ne songeait encore pas pour l'éclairer elle-même sur la profondeur de l'affection qu'elle avait vouée à Edmond, et par contre-coup pour montrer clairement à ce dernier toute la différence qu'il faisait *in petto* entre elle et sa cousine.

# CHAPITRE VIII.

## La séparation.

Six ans s'étaient écoulés depuis l'adoption de l'orpheline de Velluire. Edmond et elle entraient dans leur dix-septième année, Emma de Vix dans sa seizième. Il était temps de songer à envoyer Edmond passer son examen de bachelier pour le préparer à l'école polytechnique, but des ambitions du jeune homme. Son père était mort capitaine d'artillerie : il voulait, comme son père, porter l'élégant et sévère uniforme des officiers de cette arme savante. En conséquence, il fut décidé qu'aussitôt après avoir conquis son diplôme de bachelier, il partirait pour Paris afin d'y étudier les mathématiques spéciales.

L'éducation d'Edmond avait été soignée sous les directions intelligentes et simultanées de la baronne, du bon curé et du précepteur. Aussi furent-ils récompensés de leurs peines par le succès remarquable de leur fils et élève. Edmond remporta trois boules blanches, et le jeune bachelier fut accueilli à son retour par les félicitations et les caresses de tous. Il y eut encore quelques beaux jours pour tous les habitants du château, mais bientôt il fallut songer au départ pour Paris. Les malles furent préparées, et la veille du jour où la voiture devait emmener Edmond, un grand dîner réunit au château quelques voisins affectueux, le curé et les autorités de Velluire et de Langon.

Le jeune homme se montra fort gai durant le repas; du reste, ce mot magique, Paris, si puissant sur les jeunes imagina-

tions, faisait pour le moment trève au chagrin de quitter pour la première fois de sa
vie sa mère, sa cousine, la contrée pittores-
que où il était né, et surtout, surtout sa
sœur adoptive.

Emma, en enfant qui n'a rien à cacher,
montrait à la vue de tous les larmes qui
coulaient de ses yeux bleus. La baronne, le
cœur serré, dissimulait mal ses angoisses
maternelles; Victorine seule, avec une force
surhumaine, concentrait ses impressions et
paraissait aussi calme, aussi réservée qu'à
l'habitude.

Le lendemain, avant le jour, elle s'était
levée avec la baronne, tournant de ci de là,
veillant soigneusement à ce que les domestiques exécutassent les ordres donnés relati-
vement aux apprêts du départ. Un observateur attentif eût pu seul reconnaître, au cer-
cle noir encadrant ses beaux yeux, qu'elle
avait mal dormi, peut-être même pas du
tout, et que dans son insomnie elle avait

pleuré... Pourquoi? Ame si pure, elle l'ignorait sans doute elle-même...

Emma dormait encore, et Edmond, pénétrant dans la salle où se trouvaient sa mère et Victorine, ne parut pas très affecté en apprenant ce détail. Cependant, il mangea peu et en silence, car il comprenait l'émotion de sa mère ; mais tout-à-coup, redressant joyeusement la tête :

— Chère mère, dit-il, ce beau soleil m'inspire une bonne idée qui te réjouira, j'en suis certain.

— Quelle est cette bonne idée, mon enfant?

— Eh bien! si, au lieu que je monte en voiture à la porte du château, nous nous en allions tout doucement à pied jusqu'en haut de la côte?... Cela nous ferait une heure de plus à passer ensemble. Qu'en dites-vous, chère maman?... Et toi, Victorine, m'approuves-tu ?

— Certes, fut-il répondu des deux côtés,

ne perdons pas de temps... partons bien vite.

— Et Emma? fit doucement Victorine, il faut la réveiller.

— Comment, elle dort encore, la vilaine paresseuse... le jour de mon départ... Oh ! comme je vais la gronder, reprit Edmond en souriant.

— Tu n'as pas l'air bien vexé de cela, fit la baronne douloureusement surprise... Je t'aurais cru plus sensible à l'indifférence de ta cousine...

— Bah! je ne lui en veux pas... c'est une enfant sans souci... On ne peut pas refaire sa nature, elle ne pense à rien, Emma; ce n'est pas comme ma sérieuse Victorine...

— Oh ! moi, c'est différent... je voulais aider maman à fermer tes malles...

Edmond la regarda avec surprise et émotion, et la baronne se préparait à lui poser une question sur ce que son cœur maternel venait tout-à-coup de pressentir, quand Emma, survenant, se jeta dans les bras de

son cousin, en lui disant de sa voix encore
mal éveillée :

— Fi ! le méchant, qui voulait partir
sans me réveiller ! Tu sais bien que je dors
comme une marmotte ; regarde donc... si tu
étais parti sans m'embrasser, j'en aurais eu
bien du chagrin...

— Tu aurais pleuré toute la journée ?

— Mais dam ! oui, et la première lettre
que je vous aurais écrite vous eût reproché
cela, Monsieur.

— Qui aime bien châtie bien... reprit le
jeune homme d'un air ironique... Mais
voyons, dépêchons-nous, si nous ne voulons
être en retard.

Le temps était magnifique, et Edmond
donnant le bras à Emma et à sa mère, fran-
chit le seuil du château, non sans avoir salué
avec émotion les bons serviteurs qui avaient
veillé sur son enfance. Victorine marchait
auprès d'eux, grave et recueillie, abandon-
nant sa main aux caresses du vieux Black,
qui semblait lui dire en remuant doucement

sa longue queue : Va, l'ingrat nous quitte...
mais je t'aimerai pour deux, moi.

La jeune fille, émue des caresses du bon
animal, dit tout-à-coup à Edmond en le
désignant :

— Et Black, est-ce que tu oublies notre
vieux Black, que tu ne lui fais pas tes
adieux?

— C'est vrai, reprit le jeune homme,
c'est de l'ingratitude de ma part ; ce cher
Black qui nous servait de coursier autrefois.
Ici, mon bon Black ! et au moment où le chien
obéissant venait frotter son museau intelligent contre les jambes de son maître, ce
dernier se baissa rapidement, et déposa un
gros baiser sur la tête du bon animal, à
l'endroit où la main de Victorine le flattait
auparavant.

— Pauvre Black, continua-t-il ému, tu
es bien vieux maintenant, et qui sait si aux
vacances prochaines je te reverrai.

— J'en aurai soin, fit Victorine, je n'oublie pas ceux que j'aime...

Etait-ce au chien fidèle ou à l'ami de son enfance que s'adressaient ces paroles ?

A tous deux, sans doute...

On eut bientôt gravi la côte, et le tintement des grelots des chevaux se rapprochant rapidement, apprit à tous que le moment de la séparation était venu.

— Mon fils, dit la baronne se contenant à peine, mon cher Edmond, souviens-toi toujours de mes conseils, de ceux de notre bon curé qui t'a béni hier au soir. Fais honneur au nom que tu portes... et écris-nous souvent. Mon enfant, que la bénédiction de ta mère t'accompagne dans tes études...

— Au revoir, Edmond, aux vacances... dit Emma... n'oublie pas la petite cousine !...

Ce fut au tour de Victorine :

— Bonne chance, Edmond, pense à Dieu, à ta mère, et quelquefois à moi... ta sœur Victorine priera chaque jour pour toi.

— Au revoir tous, dit le jeune homme pre-

nant place dans la diligence... Victorine,
console maman...

Le lourd véhicule s'ébranla et partit...

Les trois femmes le suivirent longtemps
des yeux, et au moment où il disparaissait
dans un nuage de poussière, se dirigeant
vers Paris, les yeux perçants de Victorine
distinguèrent encore le mouchoir blanc que
son frère adoptif agitait en signe d'adieu.

# CHAPITRE IX.

Un élève de l'Ecole polytechnique.

Il y eut bien de la tristesse au château après le départ d'Edmond ; Emma elle-même, l'insouciante Emma s'abstint, pendant quelques jours, de faire retentir les échos de ses chants joyeux, ou d'accompagner sur le piano les airs d'opéra dont elle avait fait jusqu'alors ses délices. Car, nous avions oublié de le dire, elle et Victorine étaient devenues d'excellentes musiciennes ; cette dernière surtout, admirablement douée sous le rapport de la voix et du sentiment artistique, n'avait pas tardé à la surpasser, et la baronne elle-même, quoique d'une grande habileté, était obligée de convenir qu'elle n'avait plus rien à lui apprendre.

Quelques jours après, on reçut une longue lettre du jeune de Langon. Il s'acclimatait à merveille dans son institution, travaillait courageusement et consolait sa mère dans l'espoir des vacances prochaines, d'un style qui prouvait que lui-même était déjà consolé. Cette lettre ramena un peu de gaieté, et le soir, au piano, Victorine fit entendre une romance qu'Edmond lui avait apprise, ayant pour titre *le Retour de l'Exilé*, et elle la chanta avec tant d'âme que la baronne ne put s'empêcher de la serrer sur son cœur en versant des larmes de joie. Emma joua ensuite avec un réel talent une joyeuse et difficile valse, mais son talent était sans expression, elle était habile mais non artiste ; aussi, conçut-elle de la jalousie parce que la baronne ne la remercia pas avec autant d'effusion qu'elle en avait témoigné à Victorine.

L'année s'écoula dans des alternatives
d'études, de lettres, de prières, de promenades; et avec les vacances arriva Edmond
pâli par l'étude, et grave comme un mathé-
maticien, mais toujours aussi affectueux,
aussi tendre, bien que mûri déjà par des
travaux sérieux.

La baronne de Langon et le vieux curé
de Velluire, qui avait fait faire à Edmond sa
première communion, se réjouirent en voyant
que les principes religieux du jeune homme
avaient résisté à son séjour dans la capitale.
Il n'y avait pas à s'y méprendre, le cœur
était toujours pur, et l'influence corruptrice
de Paris n'avait pu l'entamer. Si les fraîches
couleurs de l'adolescent habitué à respirer
l'air salubre des campagnes avaient disparu,
c'était l'effet de l'étude et non celui de la vie
méprisable qui mine aujourd'hui tant de
jeunes existences.

Les vacances se passèrent heureuses. On
fit ensemble de longues promenades à cheval, mais ce ne fut plus, hélas! avec le bon

Black, seul chagrin qui attrista le retour du
jeune homme : le fidèle animal était mort de
vieillesse aux pieds de Victorine ; mais les
soins de la jeune fille avaient conservé au
bon terre-neuve les apparences de la vie, et
son maître put caresser encore le poil touffu
de celui qui, lorsqu'il était enfant, lui avait
si souvent et si docilement servi de monture.

Le futur polytechnicien fut délicieusement
surpris des progrès que Victorine avait encore faits comme musicienne depuis son départ. Elle ne s'en était pas seulement tenue
à la musique, et si elle causait peu, à l'en-
contre d'Emma, dont le babillage n'était pas
sans charme, mais qui en abusait, ce qu'elle
disait était toujours marqué au coin du bon
sens le plus spirituel. Emma était une cau-
seuse attrayante, sans doute, mais elle causait un peu trop, et il était impossible qu'à
son âge elle pût, à moins d'être un phéno-
mène d'intelligence, avoir approfondi tous
les sujets de conversation auxquels elle
s'abandonnait. Telles sont les remarques

que fit Edmond, et nous devons avouer qu'elles ne furent pas à l'avantage de sa cousine.

Aux vacances de l'année suivante, Edmond revint après avoir brillamment subi ses examens d'admission à l'Ecole polytechnique, et lorsque la diligence l'emporta de nouveau vers Paris, ce fut pour endosser cet uniforme qu'il avait tant envié !

Combien la baronne fut fière lorsqu'elle vit son fils revêtu de cet habit simple et sévère qui annonce à tous la science chez un jeune homme. Avec quel orgueil Emma, suspendue au bras de son cousin à qui seyait à merveille le chapeau à claque et l'épée, fit son entrée dans l'église de Velluire.

Victorine elle aussi était fière. Elle se sentait aimée et aimée profondément par le jeune élève, en passe de devenir un si élégant officier. Toutes les jeunes filles de Velluire et des environs admiraient la tournure distinguée du baron de Langon.

— Il paraît que mon épée fait peur à Victorine, dit le jour même Edmond à sa mère ; elle est si réservée à mon égard, que je n'ai pas osé lui offrir mon bras pour aller à la promenade.

— Et c'est tant mieux, reprit la baronne ; n'avais-tu pas ta cousine Emma ?

— Oui, chère maman, mais Victorine n'est-elle donc pas ma sœur ?

— Ta sœur adoptive, mais aucun lien du sang n'autorise à votre âge des familiarités qui, bien qu'innocentes, pourraient être mal interprétées. Il ne faut pas que sa réputation en souffre.

— Eh bien ! ma mère, si le monde était assez méchant pour l'insulter, je la couvrirais de ma protection, et je vous avoue, chère maman, que je n'hésiterais pas à l'épouser... que dis-je ? j'en serais heureux.

— Mon cher Edmond, pas d'enfantillage ; tu sais que mon plus cher désir est de te voir épouser Emma, qui est de bonne noblesse et digne de toi sous tous les rapports.

4

Je l'ai promis à la mémoire de sa mère ; ne me fais pas regretter d'avoir élevé Victorine avec toi. Du reste, crois bien que de son côté elle est trop sérieuse pour avoir de l'ambition, et je ne serais pas éloignée de supposer qu'elle a la vocation religieuse.

— Mais si cela n'était pas... si elle m'aimait, voudriez-vous faire le malheur de vos deux enfants ?

— Non, mais je souffrirais cruellement de renoncer tout d'un coup à une espérance si longtemps caressée.

— Ne pensons plus à tout cela, conclut Edmond, elle et moi sommes encore trop jeunes pour bien lire dans nos cœurs. Ne vous désolez donc pas d'avance, chère maman, et parlons d'autres choses.

Mais cette conversation porta ses fruits. Edmond en conserva le souvenir au milieu de ses exercices à l'école, où il se montra aussi assidu qu'au collège.

Une autre aussi avait entendu cette conversation, c'était Emma ; et à partir de ce jour elle prit Victorine en aversion. Il n'y eut plus entre les deux jeunes filles de ces épanchements du cœur, de ces naïves confidences d'autrefois. Victorine devina-t-elle la cause de ce refroidissement, nous ne saurions le dire. On la vit rechercher assidûment les entretiens du curé ; elle fit de fréquentes visites à la tombe de ses parents, et les quelques mots qu'elle ajouta pour Edmond au bas des lettres de la baronne la laissèrent toujours impénétrable.

Quand le jeune homme, admis l'un des premiers à l'école d'application de Metz, revint avec l'épaulette de sous-lieutenant, il n'eut pas de peine à deviner la cause de l'hostilité des jeunes filles, ou plutôt d'Emma pour Victorine. Il y avait de la jalousie chez la première, qui, soit affection réelle soit ambition, était éprise de son cousin.

# CHAPITRE X.

### Le sacrifice.

Edmond de Langon sortit dix-huit mois après de l'école d'application de Metz avec le grade de lieutenant en second au 7ᵉ régiment d'artillerie. Il avait alors vingt-deux ans, il était donc probable que, comme son père, il serait capitaine tout jeune encore. Avant de rejoindre son régiment alors en garnison à Toulouse, il vint passer quelques jours de congé dans sa famille.

Il ne fallut pas longtemps à Emma pour s'apercevoir que son cousin ne l'aimait que comme un frère aime sa sœur ; elle le soup-

çonnait bien d'aimer Victorine, mais cette
dernière était de plus en plus réservée, et
quant à Edmond, il semblait plutôt l'éviter
que la rechercher, et nul n'eût trouvé quelque chose d'extraordinaire dans les relations
auxquelles la vie de famille les obligeait
l'un et l'autre.

Emma de Vix, absorbée continuellement
dans la désolante pensée que son cousin ne
l'épouserait jamais, devint triste et maus-
sade. On la vit errer des heures entières
dans les endroits les plus solitaires du parc,
et toujours elle revenait pâle et les yeux
gonflés de larmes. La baronne, au désespoir,
tenta de sonder les intentions de son fils,
mais ce fut en vain : elle ne put tirer de lui
que des réponses énigmatiques.

« Il ne savait, disait-il, s'il devait songer
au mariage ; un militaire se devant, selon
lui, à son pays avant tout, ne pouvait con-
tracter des liens qui enlèveraient à la patrie
une part de son cœur. »

Il était réservé au bon curé de Velluire
d'être le confident de ce drame intime.

Un soir, à l'heure où tout le monde re-
posait, ou du moins semblait reposer au
château, on frappa à la porte du presbytère.
Quelle ne fut pas la surprise du vieillard en
voyant entrer chez lui le jeune officier, le
collet du manteau relevé jusqu'aux yeux.

— Mon Dieu, s'écria-t-il, serait-il arrivé
chez vous quelque malheur?

— Rassurez-vous, mon père, tout le
monde est en bonne santé, moi seul suis
malade... et c'est de l'âme que je souffre...

— Pauvre enfant! avez-vous donc offensé
Dieu, et venez-vous, pour retrouver la paix
de la conscience, me faire l'aveu de votre
faute?

— Non, mon père, je n'ai commis aucune
faute dont j'aie à rougir devant Dieu; mais
je souffre... oh! je souffre horriblement...
J'ai un secret qui me pèse, un secret que je
n'ai pas osé avouer à ma mère elle-même...

et cependant il faut que je vous le confie...
J'aime Victorine !

— Eh bien ! mon fils, ce n'est pas là un
si terrible secret. Vous avez été élevés ensemble, elle est digne de vous... Je ne vois
pas pourquoi vous vous désolez à propos
d'un sentiment qui n'a rien que d'honorable.

— Pourquoi? c'est qu'il me faut choisir
entre mon amour et l'obéissance filiale. Le
plus ardent désir de ma mère est de me voir
épouser ma cousine... Que dois-je faire ?

— Hélas ! mon pauvre enfant, l'alter-
native est cruelle, je le comprends ; mais
avez-vous fait l'aveu de vos sentiments à
celle que vous aimez ?

— Moi ! ternir la pureté de cet ange...
jamais ! Vous seul, mon père, connaissez le
secret de mon âme... c'est vous que je prie
à genoux de lui demander si elle consent à
m'épouser.

— Voilà une singulière mission pour un
prêtre, mon fils ; mais je dois répondre à
votre confiance... et dans l'intérêt de votre

bonheur à tous je verrai Victorine, je lui
parlerai avec tous les ménagements possi-
bles de vos projets... je vous ferai part de sa
réponse ; mais vous me promettez d'obéir,
quoi qu'il arrive, n'est-il pas vrai ?

— Oh ! merci, merci, mon père ; c'est
Dieu qui m'a inspiré la pensée de m'adres-
ser à vous... J'obéirai, je vous le jure...

— Et maintenant, mon enfant, rentrez
au château et priez Dieu de vous accorder la
patience et la résignation.

— Ainsi ferai-je, mon père...

Sur ces mots, Edmond disparut dans
l'obscurité et rentra dans sa chambre sans
avoir été aperçu de personne...

Le lendemain, le curé passant devant le
cimetière, aperçut Victorine en prières auprès des tombeaux de ses parents. Il résolut,
puisque le hasard lui en fournissait l'occasion, de ne pas différer davantage l'accomplissement de la promesse qu'il avait faite à
son cher élève.

— Bien, ma fille, dit-il en la saluant,

j'aime à vous voir toujours pénétrée du souvenir de vos chers défunts.

— Hélas ! monsieur le curé, converser avec les morts que l'on aime est souvent la seule consolation des vivants.

— Sans doute ; cependant, à votre âge, aimée de tous, comme vous l'êtes, vous devez être heureuse ?

— Certes, je suis loin de me plaindre de la part que Dieu m'a faite, fit-elle avec une douce mélancolie ; cependant, s'il m'avait été donné de choisir ma destinée, j'aurais préféré vivre simple paysanne auprès de mon père et de ma mère.

— Voyons, mon enfant, voulez-vous que je vous accompagne jusqu'au château ; chemin faisant, vous me confierez vos peines ?

— Mon père... je ne m'en connais point depuis que j'habite au Langon.

— Écoutez-moi, vous êtes assez sérieuse pour que nous causions sérieusement de votre avenir, y avez-vous quelquefois songé ?

— Moi ! répondit-elle en rougissant, je

4.

demande à vivre toujours comme j'ai vécu
jusqu'ici.

— Cependant, il viendra bien un jour
où vous vous marierez.

— Ce n'est pas probable ; j'ai été élevée
comme une demoiselle, et je suis sans fortune... C'est une situation délicate.

— Mais s'il se présentait un parti ines-
péré... la noblesse jointe à la fortune, par
exemple. Que diriez-vous ?

— Je dirais... que cela demande du
temps et de la réflexion ; on ne peut épouser
quelqu'un sans le connaître, sans l'aimer.

— Et si vous connaissiez et aimiez la
personne dont il s'agit ?

— Encore faudrait-il l'agrément de la
famille.

— C'est là que gît la difficulté, reprit le
bon vieillard ; la famille voudrait pour le
jeune homme une épouse de haute noblesse,
elle ne donnerait son consentement qu'avec
peine.

— En ce cas je refuserais sans hésiter...

— Même s'il s'agissait d'Edmond?...

Grand Dieu ! fit-elle haletante, ai-je bien entendu? vous dites, monsieur le curé, qu'Edmond voudrait m'épouser?

— Il a jugé convenable de me charger de faire moi-même cette démarche auprès de vous.

— Oh ! mon Dieu ! le noble cœur !... oh ! qu'il mérite d'être aimé !... Mais, sa mère !...

Je comprends tout, maintenant, et c'est Emma que sa mère veut lui faire épouser... Et il m'aime ! et cette pauvre Emma ne fait que pleurer, car elle l'aime sans doute... oh ! mon père, mon père, laissez-moi prier... laissez-moi demander conseil à l'âme de ma mère !...

Elle retourna au cimetière à pas précipités, et le vieux curé, qui avait peine à la suivre, la trouva agenouillée toute en larmes devant la tombe de sa mère.

Quelques minutes s'écoulèrent... une conversation muette et solennelle s'était établie entre l'âme de la morte et celle de sa fille...

Que se passa-t-il en cet instant suprême
dans le cœur de Victorine? nul ne saurait
le dire... Mais elle se releva tout-à-coup
pâle et résignée, et d'une voix ferme, dit au
prêtre :

— Mon père, j'ai juré à ma mère mourante de ne jamais causer de peine à ma
bienfaitrice, à ma seconde mère. Ce serment,
je l'ai renouvelé le jour de ma première
communion... Mon père, il faut que la baronne et Emma soient heureuses... il ne
faut pas que je retourne au château, que je
revoie Edmond... je n'aurais peut-être plus
la force de partir... Vous lui direz... que
j'ai la vocation religieuse, que j'ai toujours
ambitionné le saint habit des sœurs de
charité... Je prierai pour lui toute ma vie...
pour sa mère qui fut aussi la mienne...
pour celle... qu'il doit épouser... Mon père...
bénissez-moi.

— Noble enfant! dit le vieux curé, ému
de tant d'abnégation, d'amour et de candeur, sainte fille, je vous bénis... oh! oui...

je vous bénis. Prenez sur la terre la couronne du dévouement et du martyre, et là-
haut... dans la céleste et commune patrie,
là-haut où les passions d'ici-bas n'existent
plus, Dieu, dans sa miséricorde infinie, vous
recevra tous un jour... unis dans un amour
pur, puissant, éternel!...

. . . . . . . . . . . .

# CHAPITRE XI.

Devant Sébastopol.

Malgré les larmes, les supplications de tous, même de la part d'Emma, qui ne voulait pas accepter un pareil sacrifice, Victorine ne retourna pas au château, et, huit jours après, munie d'une recommandation du curé de Velluire, elle était admise comme postulante chez les sœurs de saint Vincent de Paul. Un an après, elle prononçait ses vœux et prenait le nom de sœur Angèle.

Edmond fut d'abord inconsolable, il était parti pour son régiment sans la revoir, et il ne consentit à revenir auprès de sa mère et de sa cousine que le jour où il apprit que Victorine avait prononcé ses vœux.

Le sacrifice étant à jamais consommé, il arriva peu à peu à renoncer à une espérance désormais irréalisable. Les larmes de sa mère, le désespoir d'Emma touchèrent son cœur, et les conseils du bon prêtre y aidant, il conduisit sa cousine à l'autel l'année suivante, au jour anniversaire de celui où Victorine était devenue l'épouse du Seigneur. Les années s'écoulèrent, Emma avait mis au monde une fille à laquelle d'un commun accord il fut décidé qu'on donnerait le nom de Victorine, et cette dernière reçut la lettre suivante :

A la sœur Sainte-Angèle, à l'hôpital militaire de...

« Ma chère sœur,

» Dieu vient de m'accorder une fille. Chaque jour nous le prions de vous bénir, vous qui avez tant fait pour notre bonheur. Mon mari et moi, nous vous supplions de vouloir bien être la marraine de notre enfant.

» Puisque nous ne pouvons vous avoir au milieu de nous, laissez-nous donner le nom que vous portiez dans le monde à l'être qu'après vous nous aimerons le plus.

» Nous connaissons trop votre cœur pour attendre de vous autre chose qu'une réponse favorable.

» Votre sœur qui vous admire et vous aime,

» EMMA. »

Sœur Angèle consentit avec joie à ce qu'on lui demandait... et les années s'écoulèrent sans qu'on eût d'événement remarquable à signaler.

. . . . . . . . . . . . .

Maintenant, si le lecteur veut bien le permettre, nous allons le conduire devant Sébastopol, ce boulevard du despotisme russe qu'assiégeaient en 1855 les armées alliées.

De nombreuses batteries ont été construites autour de la ville assiégée, et nuit et jour la canonnade ébranle les fortifications, mais sans succès, car la défense est opiniâ-tre, la garnison est nombreuse et bien pour-vue, et les ingénieurs russes élèvent comme par enchantement de nouveaux remparts lorsque les anciens s'écroulent sous les boulets des alliés.

L'une de ces batteries est commandée par un jeune capitaine à l'air intrépide. D'une voix mâle il encourage ses canonniers, pointe lui-même une de ses pièces et paraît fort peu soucieux des projectiles qui passent en sifflant sur sa tête. Qui reconnaîtrait dans cet officier d'artillerie à l'uniforme couvert de terre, au visage martial noirci par la fumée de la poudre, le blond et rose gamin qui chevauchait jadis sur le dos du gros Black, l'élève de l'Ecole polytechnique pim-pant et coquet?

Edmond de Langon a maintenant trente-deux ans; il est chevalier de la Légion-d'Honneur, capitaine depuis six ans et est proposé au choix pour le grade de chef d'escadron. La batterie qu'il commande est une de celles qui font le plus de mal à l'ennemi ; aussi est-elle le point de mire de plusieurs de ses batteries, et les boulets russes pénètrent dans les embrasures malgré les masques qui les protègent. Deux affûts sont brisés, plusieurs servants tués ou blessés, mais les lieutenants, les sous-officiers, les canonniers, voyant leur capitaine impassible, conservent toujours le même sang-froid. Au milieu de cette pluie de mitraille, la gaieté française accueille par des quolibets les coups de l'ennemi. Tout-à-coup, un ouragan de fer vient s'abattre sur le revêtement : les obus éclatent en culbutant les sacs à terre, les canonniers ne sont plus à l'abri.

— Allons, garçons, fait le capitaine, quelques hommes de bonne volonté pour arranger les sacs...

Il y a un moment d'hésitation parmi ces braves. Monter sur la batterie c'est aller

s'offrir comme cible aux biscaïens mosco-
vites...

— Personne ! fait Edmond ; eh bien !
Monsieur, crie-t-il à son lieutenant, je vous
laisse le commandement de la batterie.

Et, se débarrassant de son sabre, l'intrépide officier grimpe sur le revêtement.

De sa main nerveuse il soulève les sacs
et les empile aussi tranquillement que s'il
était dans un polygone.

Honteux d'avoir reculé un instant, en
voyant leur capitaine s'exposer ainsi, les
hommes s'élancent à l'envi à ce poste dangereux.

— Assez, maintenant, commande Edmond... dix hommes suffiront, les autres à
vos pièces, et continuez le feu.

— Descendez, capitaine, insistent les
canonniers, héroïques à leur tour. Vaut
mieux que ce soit nous qui restions, un de
plus ou de moins, c'est plus facile à rem-
placer que vous.

— Capitaine, disent les officiers descen

dez, ce n'est pas là votre place, ou bien nous
allons, nous aussi, mourir à côté de vous.

Edmond se rendant à leurs prières, se
disposait à redescendre sur le terre-plein,
lorsque les Russes, comme enragés de voir
qu'on les bravait ainsi, envoyèrent coup sur
coup plusieurs volées de mitraille.

Monsieur de Langon tomba entre les bras
de ses canonniers, la jambe gauche brisée,
la droite fracassée en deux endroits.

Au moment où on le transportait à l'ambulance, des renforts arrivaient, et avec eux
un aide-de-camp du général en chef:

— Quel est l'officier qui commande ici?
demande l'aide-de-camp.

— C'est moi, Monsieur, répond d'une
voix épuisée Edmond, se soulevant sur le
brancard que ses hommes avaient improvisé.

— Veuillez me dire votre nom, Monsieur.

— Le capitaine de Langon.

L'officier se découvrit respectueusement
et repartit au galop, tout ému d apprendre
par la bouche des canonniers qu'il venait

de parler à l'héroïque officier qui était monté sur l'épaulement de la batterie.

Durant le trajet de la batterie à l'ambulance, le capitaine, perdant son sang par cinq blessures, et souffrant d'une manière atroce, perdit connaissance.

. . . . . . . . . . . .

Quand il revint à lui, il était couché sur un lit d'ambulance, et penchée sur lui, une sœur de saint Vincent de Paul, à la blanche cornette, essuyait avec un mouchoir la sueur qui perlait sur son front pâli. Il fit un mouvement pour se soulever, mais une voix douce lui dit :

— Patience, Monsieur, le docteur va venir.

— Ciel ! cette voix... Vict... ma sœur, où suis-je ?... Il me semble être auprès de Dieu sous la garde de mon bon ange.

— Chut !... ne parlez pas...

— Oh ! c'est elle... encore elle... à mon lit de douleurs... comme autrefois... ah ! ma sœur, ma sœur... vous êtes une sainte...

— Eh bien! commandant, interrompit
une rude voix... comment vous trouvez-
vous?

— Docteur, vous faites erreur, sans
doute, je ne suis que capitaine...

— Je sais ce que je dis... Le général en
chef vient de vous nommer chef d'escadron.

— Merci, docteur, fit le blessé avec un
noble orgueil, voilà une nouvelle qui me
guérit.

— Mes compliments, commandant, vous
avez fait parler de vous. Mais je m'oublie,
il s'agit pour le moment de voir vos blessures. Eloignez-vous un instant, ma sœur.

Le chirurgien, après avoir examiné les
jambes du blessé, hocha la tête :

— Diable! diable! murmura-t-il, ces gre-
dins de Russes ne vous ont pas ménagé...
Cinq coups de feu... Au fait, à un homme
comme vous, commandant, il ne faut pas
mâcher la pilule... Je juge nécessaire...
l'amputation des deux jambes... Cela vous
va-t-il?...

— Dam! puisqu'il le faut... Après tout,
on n'en meurt pas toujours... j'aurai la
consolation de prendre mes invalides comme
officier supérieur.

— Reposez-vous cette nuit, commandant,
ce sera pour demain.

— Merci, docteur, priez la sœur qui était
auprès de moi de venir me parler...

— Ma sœur, dit le blessé avec émotion,
demain l'on doit me couper les deux jambes... Merci de vos larmes, elles me font du
bien... D'une simple amputation on réchappe
quelquefois, d'une double... c'est plus difficile... Enfin, à la volonté de Dieu... j'aurai
du courage... ma sœur... surtout si vous me
promettez de revenir auprès de moi dès que
l'opération sera terminée.

— Je vous le promets... mon frère...

.   .   .   .   .   .   .   .   .   .   .   .

La double amputation se fit le lendemain;
le commandant de Langon la supporta avec
un courage héroïque, sans pousser une

plainte, et après avoir refusé de se laisser endormir par le chloroforme.

Mais lorsque l'on eut achevé de panser ses cuisses mutilées, lorsqu'il vit ses deux jambes gisant à terre inanimées, il sentit que ses forces l'abandonnaient, que la vie se retirait de lui, et il demanda l'aumônier...

La confession du jeune commandant ne fut pas longue. Il avait aimé, combattu et souffert, mais sa vie d'homme d'honneur et de chrétien était aussi pure que les hermines de son blason vendéen...

Quand le prêtre lui eut donné l'absolution, Edmond fit signe à sœur Angèle de s'approcher.

— Ma chère sœur, dit-il... voici mon anneau de mariage et ma croix... vous les remettrez à ma veuve et à ma fille... votre filleule... Ne pleurez pas, ma sœur... je meurs content... en soldat qui a fait son devoir... nous nous retrouverons là-haut...

là-haut... où il nous sera à tous... permis
de nous aimer...

Et il retomba sur sa couche...

. . . . . . . . . . .

. . . . . . . . . .

Le docteur, à la visite du soir, trouva
sœur Angèle agenouillée près du lit et priant
pour l'âme du baron de Langon, chevalier
de la Légion-d'Honneur, chef d'escadron
d'artillerie, mort comme son père au service
de la France.

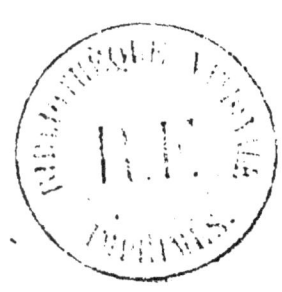

# CONCLUSION.

LETTRE DE SŒUR SAINT.-ANGÈLE, RELI-
GIEUSE DE SAINT VINCENT DE PAUL, A
MADAME LA BARONNE DE LANGON.

Hôpital de Varna, le ....... 1854.

« Madame et chère mère,

» Les bulletins de l'armée d'Orient vous
ont appris avant ma lettre la mort glorieuse
de votre cher fils.

» Pour un malheur comme le vôtre, il
n'est point de consolation. Mais vous êtes
chrétienne et Française, chère mère, et en

vous rappelant la fin chrétienne et héroïque
de celui que nous pleurons, vous trouverez
dans les témoignages nombreux de sa piété,
de son noble courage, un adoucissement à
l'amertume de vos regrets.

» Le général en chef, aussitôt qu'il eut
appris sa belle conduite, s'empressa de le
nommer chef d'escadron. Avant d'expirer,
il a vu briller sur son lit de douleur les in-
signes de ce grade... J'étais là... auprès de
lui... j'ai reçu son dernier soupir...

» Il m'avait chargée de vous remettre
moi-même son anneau de mariage et sa
croix... hélas ! je ne puis m'acquitter de
cette promesse sacrée... Que la volonté de
Dieu soit faite!... Une de nos sœurs vous
remettra elle-même ces pieuses reliques...
j'y joins plusieurs mèches de cheveux cou-
pées à votre intention.

» Quelques jours après qu'il eut rendu à
Dieu son âme généreuse, je fus envoyée par
la supérieure à l'hôpital de Varna. Le typhus
y sévissait avec fureur, et nos chères sœurs

ne pouvaient suffire au grand nombre de malades. Plusieurs d'entre elles avaient déjà succombé à l'épidémie.

» Je viens d'en être atteinte à mon tour. Merci à Dieu qui dans sa céleste bonté me laisse encore assez de force pour vous écrire. S'il rappelle à lui sa servante, j'obéirai sans murmures, je dirai même avec joie, si je ne regrettais vivement de ne pouvoir vous embrasser toutes trois encore une fois.

» Quoi qu'il arrive, soyez bénie, chère mère, pour vos innombrables bontés envers votre fille adoptive... Embrassez pour moi la pauvre Emma et ma filleule... Il pensait bien à elles en expirant... Je ne les oublierai pas dans mes prières.

» Adieu, bonne et chère mère, recevez les baisers profondément sincères

» De votre fille à jamais reconnaissante,

» S. ANGÈLE. »

. . . . . . . . . . . . .

Hélas! en écrivant cette lettre, la sainte

fille pressentait sans doute que Dieu ne différerait pas plus longtemps de lui accorder la couronne du martyre.

Elle mourut deux jours après, le sourire sur les lèvres, et comme plongée dans l'extase d'une ravissante contemplation.

Elle entrevoyait sans doute cette patrie céleste où depuis longtemps elle était attendue, où elle avait si bien mérité sa place par sa vie de sacrifice et de dévouement.

Les religieuses en pleurs, agenouillées autour d'elle, recueillirent au moment où elle expirait les paroles suivantes qu'elle murmura comme un souffle :

— Mon père! ma mère! Edmond! je vais vous revoir!...

. . . . . . . . . . . .

La fille adoptive avait largement payé sa dette de reconnaissance ; l'épouse du Seigneur, la sœur de charité venait de tenir sa promesse d'abnégation.

# LA PETITE SŒUR

## DES PAUVRES.

—o◄◄≫≫►o— —

## CHAPITRE PREMIER.

Madame Naulin va chez le banquier Simon. — Elle y rencontre Caroline. — Elle s'intéresse à cette jeune fille.

Un matin, dans le mois de janvier 1845,
un équipage s'arrêta à la porte de monsieur
Simon, banquier, rue de Provence, et il en
sortit une dame dont la figure annonçait la
bonté. Cette personne, que monsieur Simon
reconnut bientôt, était madame Naulin, qui
mettait assez souvent de l'argent en dépôt
chez lui.

Après l'avoir complimentée sur son retour

à Paris et s'être informé affectueusement de la santé du bon monsieur Eustache, son intendant, le banquier lui dit qu'il avait reçu sa dernière lettre en date du six courant, et qu'il aurait eu l'honneur de lui répondre si elle ne lui avait pas annoncé qu'il aurait sous peu sa visite. Il lui demanda ensuite si elle avait de nouveaux ordres à lui donner; à quoi madame Naulin répondit que toutes ses intentions étaient renfermées dans la lettre qu'elle lui avait écrite. Monsieur Simon l'assura qu'elles seraient ponctuellement remplies et l'invita à passer dans l'appartement où sa femme déjeunait avec ses filles. Elle y consentit, et il la conduisit dans la chambre de madame Simon, qui arriva bientôt. Elle joua la surprise à la vue d'une personne étrangère, et gronda son mari (ce qui indiquait son peu d'usage du monde) de lui avoir amené une visite sans la prévenir.

— Vous n'ignorez point, lui dit-elle, que je suis très fatiguée du bal de madame la comtesse de R....., et que je ne suis point présentable.

Et se tournant vers madame Naulin :

— Je suis honteuse, Madame, de paraître devant vous dans un pareil négligé.

Il s'en fallait beaucoup que madame Naulin fût aussi bien mise qu'elle en ce moment ; mais comme c'était une dame fort pieuse et ne s'occupant de la toilette que juste comme il le fallait, elle se jeta sur les banalités qui forment à Paris la matière des entretiens ordinaires, ce qui permit aux demoiselles Simon de prendre part à la conversation.

L'aînée de ces jeunes filles pouvait avoir vingt-deux ans ; grande et maigre, elle avait le teint frais et paraissait prendre plaisir à s'écouter parler. Elle se nommait Berthe.

Aline, la cadette, avait acquis à l'âge de dix-huit ans cette étourderie insipide que les gens ordinaires prennent pour de la vivacité d'esprit.

Enfin, la troisième, qui avait nom Caro-

line, était aussi une jeune personne de dix-
huit ans. Sa taille et ses traits étaient sans
défaut, et l'on découvrait dans tout son
maintien un air de sensibilité et de candeur
qui annonçait à quel point son âme en était
douée. Elle paraissait fort abattue ; madame
Naulin le vit et lui demanda pourquoi elle
restait à travailler dans l'embrasure d'une
fenêtre, et se tenait ainsi séparée du reste de
la société.

Madame Simon donna pour réponse qu'elle
ne verrait pas assez clair ailleurs, et que
ce serait lui rendre un mauvais service que
de la distraire d'une occupation avec laquelle
lle devait gagner sa vie.

La pauvre enfant rougit. Madame Naulin
s'en aperçut, et fâchée de lui avoir attiré
cette mortification, elle feignit de ne pas sentir
combien le propos de madame Simon était
dur pour cette gracieuse et modeste enfant.
Elle fit tomber la conversation sur un autre
sujet, et, comme si elle n'avait point compris, elle félicita Caroline de faire un aussi

bon usage de son temps, ajoutant qu'aucun rang, quelqu'élevé qu'il fût, ne pouvait dispenser une femme d'un genre d'occupation aussi convenable à son sexe. Pour preuve de ce qu'elle avançait, elle dit que l'habit qu'Alexandre portait le jour où il vainquit Darius, avait été fait par les princesses ses sœurs.

— Ah ! Madame, répliqua la femme du banquier avec un sourire méprisant, vous êtes bien savante : les premières chrétiennes aussi apprêtaient le dîner de leurs maris; Rachel et Rebecca allaient tirer de l'eau à la fontaine. C'était fort beau, sans doute; mais que nous importe ce qu'on faisait, il y a sept ou huit cents ans, puisqu'il n'y avait pas encore de gens comme il faut?

Madame Naulin dut se mordre les lèvres pour retenir l'envie de rire qui lui prit alors. Madame Simon, qui était bien loin de sentir combien ce qu'elle disait était ridicule et montrait son peu de savoir, continua ainsi :

— Je pense bien comme vous, Madame,

que les filles qui n'ont rien ont raison d'apprendre ces vils métiers ; mais nous autres, femmes de condition, nous tuer les yeux et nous courber la taille en nous tenant accroupies une aiguille à la main ; en vérité, ce serait tout-à-fait perdre le sens commun, j'en frémis rien que d'y penser.

Madame Naulin n'aurait pu s'empêcher d'éclater de rire à ces paroles, si le banquier, qui survint fort à propos, n'eût fait changer la conversation en l'informant qu'il venait de terminer l'affaire qui l'avait amenée chez lui.

A cette nouvelle elle se leva et allait sortir, quand monsieur Simon la pria de vouloir bien rester dîner.

Madame Simon, qui, selon toute apparence, n'approuvait pas cette invitation, fut obligée par politesse de se joindre à son mari.

Madame Naulin accepta gracieusement l'invitation. Il est vrai que le désir d'être instruite sur la jeune Caroline la décida plus

encore que les instances du mari et de la
femme. Elle renvoya sa voiture et se rassit.

Comme la journée était déjà très avancée,
mesdemoiselles Simon se retirèrent pour
vaquer aux soins importants de leur toilette. Alors madame Naulin, restée seule
avec leur mère, crut pouvoir s'informer de
la jeune personne qui avait attiré son attention, ajoutant qu'elle l'avait trouvée bien
modeste, et qu'elle paraissait très pensive.

— Oui, lui répondit madame Simon, elle
est un peu mélancolique, et cela vient de ce
qu'elle ne peut jouir des plaisirs du grand
monde que je procure à mes filles. En vérité, elle a reçu une éducation bien ridicule
et qui ne va guère à une pauvre orpheline
comme elle, qui ne sait où donner de la tête.

Le ton dont ces mots furent prononcés
ajouta au mépris que madame Naulin commençait à concevoir pour celle qui se les
permettait, et à sa compassion pour l'in-
connue, dont l'air et le maintien annonçaient une fille bien née. La pensée lui vint

aussitôt que quelque grand malheur avait jeté cette pauvre enfant dans l'infortune, et elle demanda comment elle se trouvait dans la maison.

Ce n'était point curiosité ni envie d'apprendre une histoire pour aller la débiter ensuite dans le monde, de la part de cette bonne dame. Un motif plus honorable l'animait : le désir de connaître les moyens de secourir, s'il était possible, une jeune fille qui paraissait accablée de douleur.

Madame Simon commença ainsi son récit, enchantée de trouver une occasion de raconter des malheurs qui, s'ils n'étaient pas un sujet de plaisir pour elle, lui fournissaient du moins celui de s'applaudir d'être dans une position qui la mettait à l'abri de pareils chagrins.

# CHAPITRE II.

La femme du banquier raconte à madame Naulin l'histoire de
Caroline de Keroy. — Piété de Caroline. — Départ de
madame Naulin. — Caroline reste seule.

« Il est certain, dit madame Simon, que
la jeune personne à laquelle vous avez la
bonté de vous intéresser est réellement bien
née, mais qu'est-ce que c'est que la naissance? et d'ailleurs elle n'a rien. Quant à
moi, je fais peu de cas d'un gentilhomme
sans fortune. Son père se nommait le baron
de Keroy, il vivait en Bretagne, et avait plus
de vingt mille livres de rente; mais le pauvre homme! il avait si peu d'ordre, qu'il
eut bientôt tout mangé. Il faut avouer que

malgré ses extravagances, c'était un bon
cœur, et qu'il ne refusait à personne les
services qu'il était à même de rendre. Trop
indulgent, il ne contrariait jamais ses enfants ; il en eut deux, un fils mort à qüinze
ans, et Caroline, que vous venez de voir ;
elle n'avait que quatre ans quand sa mère
mourut. A l'âge de sept ans, Caroline fut
placée dans une pension de Vannes ; elle
n'en est sortie qu'à la mort de son père,
arrivée il y a environ six mois. Il a laissé
monsieur Simon son exécuteur testamen-
taire et tuteur de sa fille, avec une méchante
somme de dix mille francs, ce qui, je vous
assure, est un bien petit legs pour toutes les
peines que cela lui a occasionnées ; on ne
peut concevoir toutes celles qu'il a eues,
sans parler de celles qu'il aura encore : car
le pauvre défunt a laissé ses affaires dans le
plus grand désordre. Il ordonnait par son
testament que, ses dettes payées, le reste de
sa succession appartiendrait à sa fille Caroline, et mon mari a si bien ménagé tout,
qu'il lui a conservé trois mille francs.

» Quand les affaires ont été arrangées, il a retiré Caroline de sa pension, où l'on ne voulait plus la garder, et où elle recevait d'ailleurs une éducation qui ne convenait qu'à une fille qui aurait eu une grande fortune. Monsieur de Keroy devait à sa mort onze cents francs à monsieur Simon, qui, touché du peu qui revenait à sa pupille, voulait, malgré cela, la laisser dans sa pension jusqu'à ce que nous sussions où la placer ; mais voici ce que je lui représentai ; car, quoi qu'il ne soit pas convenable de se louer soi-même, je suis forcée de dire que j'ai toujours cru qu'il n'y avait rien de plus sacré que l'exécution des volontés d'un testateur. Vous voyez maintenant, Madame, que monsieur de Keroy ayant expressément ordonné que ses dettes fussent payées, mon mari aurait directement agi contre ses intentions en laissant Caroline en pension, puisqu'au lieu de se payer de onze cents francs qui lui étaient dus, il se serait rendu créancier pour une somme plus forte. Je le lui fis comprendre, et en même temps, pour que cette enfant ne s'en trouvât pas plus mal, je proposai à mon mari de la prendre avec nous et de la nourrir six mois, ou jusqu'à ce que nous trouvassions à la placer convenablement. Je pensai d'abord à la mettre en service dans quelque honnête maison, et je la recommandai à la femme de mon cordonnier, qui avait besoin d'une jeune fille pour promener ses enfants et leur donner quelqu'instruction. Mais, comme vous devez le penser, elle n'a point assez appris dans sa pension pour remplir cette place : elle ne sait que coudre et broder. »

— La pauvre enfant ! s'écria madame Naulin, j'ai pitié d'elle. Il est vrai que si elle n'a qu'une aussi faible éducation, elle n'est guère apte à remplir un poste tel que celui que vous lui destiniez.

— « Comment donc ! mais c'est que Mademoiselle s'est mis à pleurer, elle est tombée des nues quand je lui ai fait cette proposition. Elle me dit que le peu d'argent qu'elle avait suffirait pour se mettre dans quelque petit commerce, et elle proposa de prendre celui de marchande de modes. C'est bien là s'étourdir, car la mienne a dépensé plus de quarante mille francs pour s'établir. Pour ne point trop contrarier son goût, j'ai pensé à la mettre chez ma couturière, elle y apprendra à gagner sa vie; après quoi je tâcherai que monsieur Simon la marie à un de ses derniers commis, et elle sera bien heureuse si je puis lui procurer un pareil établissement. »

Un domestique vint alors annoncer que le dîner était servi ; madame Naulin fit souvent parler Caroline de Keroy, dont les réponses simples et précises la confirmèrent dans la bonne opinion qu'elle avait conçue de cette jeune fille.

Après le café, madame Simon laissa entendre qu'il était temps de se séparer en disant à Caroline :

— Je crains bien que vous ne soyez pas assez bonne pour avoir soin de *Miss*, qui est trop malade pour nous accompagner au spectacle. Je ne voudrais cependant pas la laisser seule avec les domestiques.

Madame Naulin se leva de table et dit :

— Madame, j'ai demandé ma voiture pour cette heure-ci, mais si elle n'est point arrivée, que je ne vous retienne pas, je vous prie. Comme je vois que mademoiselle Caroline n'est point de votre partie, je me ferai un vrai plaisir de causer avec elle, et si la personne dont vous venez de parler n'est pas assez souffrante pour ne point venir au salon, nous tâcherons de la distraire.

Ces mots avaient été dictés par la bonté de madame Naulin ; mais qu'on juge de sa surprise quand elle sut que la malade n'était qu'une petite épagneule galeuse.

Madame Simon lui fit beaucoup d'excuses de la quitter, mais elle avait promis à la baronne des Ormes, une de ses amies, de la retrouver aux Italiens.

— Ne regrettez-vous point, mademoiselle Caroline, de ne pas accompagner ces dames ? dit l'excellente madame Naulin.

La jeune fille lui répondit simplement que non, son confesseur lui ayant ordonné de se priver de cette distraction, qui a les plus grands dangers.

— Je suis bien aise, reprit la femme du banquier, que les avis de votre confesseur cadrent si bien avec votre fortune : car sûrement il ne vous conviendrait guère de prendre goût à des amusements qui, à vrai dire, ne sont faits que pour nous autres, gens de la société. Mais j'ai bien peur que ces prétendus conseils ne cachent un levain d'envie : lisez la fable du *Renard et des Raisins,* de La Fontaine.

Madame Naulin, désolée de voir la manière dont on traitait la pauvre enfant, repartit :

— Cette fable, Madame, ne peut, comme vous l'observez, s'appliquer qu'aux envieux ; et je suis persuadée que mademoiselle Kéroy

a trop de piété pour désirer des plaisirs in-
terdits.

Madame Simon rougit et ne sut que répondre ; heureusement le domestique vint
la tirer d'embarras en annonçant que les
voitures de ces deux dames les attendaient.

Madame Naulin fit poliment ses adieux à
madame Simon, et la pria d'amener Caroline avec elle, quand elle viendrait la voir ;
à quoi cette dernière répondit froidement :

— Mademoiselle Keroy aura l'honneur
d'y aller au premier jour.

Ces dames se saluèrent et montèrent dans
leur voiture.

Caroline se retira dans sa chambre, prit
l'*Imitation de Jésus-Christ* et tomba sur ce
chapitre si consolant :

QU'IL FAUT FUIR LA VAINE ESPÉRANCE
ET L'ORGUEIL.

Et elle lut : « Celui-là est bien vain, qui
met son espérance dans les hommes, ou
dans quelque créature que ce soit. »

« N'ayez point de honte de servir les autres pour l'amour de Jésus-Christ.... »

Puis elle médita ces sublimes paroles, et se coucha en disant :

— Mon Dieu ! protégez l'orpheline, faites qu'elle ne cesse jamais de vous aimer et de vous servir.

Elle s'endormit, et son bon ange veillait à côté d'elle.

# CHAPITRE III.

Madame Naulin avait conçu une si grande affection pour mademoiselle de Keroy, et une telle indignation contre les procédés qu'on avait pour elle chez son tuteur, qu'elle se détermina à faire tout au monde pour la délivrer de ce genre d'esclavage, le plus cruel de tous pour une âme bien née. Dans ce dessein, elle se rendit le lendemain à la pension où Caroline avait été élevée. Sa maîtresse lui fit le plus grand éloge de la

jeune fille, et ajouta que c'était avec le plus
grand regret qu'elle s'en était séparée ; que
si son tuteur ne lui avait pas promis qu'elle
vivrait chez lui et qu'elle y serait traitée
comme son enfant, elle aurait mieux aimé
la garder pour rien jusqu'à ce qu'elle eût
trouvé un établissement convenable; mais
monsieur Simon n'avait pas voulu la lui
laisser, et elle n'avait pu la garder malgré
lui. Elle parla ensuite de la piété, du bon
cœur et de l'intelligence de son élève, ainsi
que de la singulière facilité avec laquelle
elle avait appris tout ce qui fait une bonne
femme de ménage.

La bonne dame, satisfaite de ce témoi-
gnage, retourna chez elle et résolut d'offrir à
Caroline de vivre avec elle. Comme elle était
encore mineure, madame Naulin crut qu'a-
vant de lui faire part de son projet, il était
nécessaire d'avoir le consentement de son
tuteur. Elle rêva le reste du jour aux moyens
de l'obtenir, et la douce espérance de tirer
l'innocence de l'oppression lui procura ce

doux sommeil que goûtent les âmes bien-
faisantes et exemptes de remords.

Mais avant d'aller plus loin, je veux faire
connaître plus particulièrement à mes lecteurs la position de cette excellente dame.

Fille d'un président du parlement de Bretagne, madame Naulin était veuve d'un
riche propriétaire des environs de Laval.
Elle avait eu un fils qui tomba malade à
vingt ans ; elle dut le conduire dans le Midi,
et le ramena dans un cercueil. Mais, quelque pénétrée qu'elle fût de cette perte, sa
piété et sa résignation aux décrets de la
Providence l'aidèrent à supporter sans murmure un coup aussi cruel pour son cœur.

Lorsqu'elle fit la connaissance de mademoiselle de Keroy, elle avait cinquante-neuf
ans et était veuve depuis vingt-cinq. Elle
jouissait de trente mille livres de rente,
qu'elle dépensait en bonnes œuvres réglées
par un examen soigneux et raisonné.

Telle était cette charitable personne. Après
s'être de plus en plus applaudie de son pro-

jet, elle écrivit à monsieur Simon qu'elle
avait à lui parler. Il se rendit chez elle peu
d'heures après, pour savoir ce qu'elle dési-
rait.

— Je ne sais, lui dit-elle, ce que vous
penserez de moi, quand je vous dirai que
j'ai grande envie de vous ravir un trésor que
vous possédez...

— Un trésor, Madame! interrompit le
banquier.

— Oui, continua-t-elle, un trésor. J'ai
été bien tentée de vous l'enlever, mais ma
conscience ne m'a pas permis de commettre
ce larcin sans vous en avertir, afin que si
vous perdez le trésor dont je vous parle,
vous sachiez qui a fait le coup.

On ne saurait peindre la figure du banquier. C'était la chose du monde la plus
divertissante que l'embarras qui régnait
dans toute sa personne.

— A Dieu ne plaise, répliqua-t-il, que
je vous soupçonne, Madame, de vouloir me
voler ; j'ai trop de preuves de votre droiture ;

vous m'excuserez donc si je ne comprends pas ce que vous voulez me dire.

— Il est vrai, reprit madame Naulin, que ce n'est pas votre argent qui me tente, mais bien votre pupille. Elle me paraît fort triste, le changement d'air pourrait lui faire grand bien ; c'est pourquoi, si vous y consentez, je l'emmènerai avec moi à la campagne.

— Caroline, dit Simon, n'est pas aussi gaie que je désirerais ; je lui donne tout ce qu'elle désire, je l'ai admise à ma table avec ma femme et mes filles, comme si elle eût été ma parente, et elle n'aurait pu être mieux quand elle m'aurait donné cent cinquante francs de pension. A la vérité, ma femme ne juge pas convenable de l'emmener en visite avec elle, parce qu'elle n'est pas assez bien vêtue pour qu'on puisse la présenter ; mais je la crois trop fière pour accepter vos offres. Je ne pense pas non plus qu'elle vous convienne comme femme de chambre ; je ne l'empêcherai pas d'entrer au service dans une bonne maison, mais elle est bien jeune et peu propre, je crois, aux fonctions qu'elle aurait à remplir avec vous.

— Je suis fâchée, reprit madame Naulin, que vous preniez assez mal-mes intentions pour croire que je veuille prendre, comme domestique, une fille de la naissance et du mérite de mademoiselle de Keroy. Non, Monsieur, je la regarde faite à tous égards pour être ma jeune amie.

— Je suppose, répliqua le banquier, que madame connaît la fortune de Caroline, et qu'elle sait qu'on ne peut exiger l'argent que j'ai entre les mains avant que ma pupille ait vingt et un ans, bien qu'en considération de son pauvre père je sois prêt à lui en payer l'intérêt à trois pour cent.

— Je vous réponds qu'elle ne vous demandera le capital que quand vous le voudrez, et je n'exige que votre consentement pour l'emmener avec moi.

— Puisque c'est ainsi, Madame, dit Simon, je réfléchirai à votre demande et j'aurai l'honneur de vous répondre sous peu de temps. Si Madame n'a pas autre chose à me dire, je vais prendre congé d'elle, car on m'attend à la Bourse.

Madame Naulin ne le laissa partir qu'après avoir exigé de lui une prompte réponse. Rentré chez lui, le banquier annonça à sa femme la résolution de cette dame; elle l'accueillit avec bonheur, enchantée de se débarrasser d'une personne dont le mérite excitait son envie.

On appela Caroline, et son tuteur, que sa femme interrompit vingt fois, l'instruisit des intentions de madame Naulin. Il lui dit qu'elle avait le choix d'accepter cette position ou d'aller chez la couturière; qu'elle n'avait qu'à réfléchir et lui rendre réponse le lendemain.

Caroline, retirée dans sa chambre, réfléchit sérieusement aux offres qui lui étaient faites. Elle avait conçu un profond respect pour madame Naulin dès le premier jour qu'elle la vit; elle pensa à sa triste position,

et résolut d'accepter. Quand son tuteur lui
demanda, le lendemain, sa décision, elle
lui dit qu'elle irait avec plaisir et reconnaissance chez cette dame dès qu'elle le
voudrait.

# CHAPITRE IV.

Dès que M. Simon connut la décision de sa pupille, il écrivit à madame Naulin la lettre suivante :

« Madame,

» En réponse à ce que vous m'avez fait l'honneur de me dire, concernant l'intention dans laquelle vous êtes d'emmener avec vous à la campagne ma pupille, Caroline de Keroy, je vous annonce que j'ai trouvé cette enfant disposée à accepter vos offres. Si vous voulez donc prendre la peine de passer chez moi, vous pourrez causer avec Caroline.

» Votre très humble et très obéissant serviteur

» SIMON, banquier. »

Madame Naulin ayant reçu cette lettre, envoya le lendemain·son intendant porter sa réponse à M. Simon, annonçant qu'elle irait, le jour suivant, dans la matinée, voir chez lui sa pupille, et qu'elle l'emmènerait avec elle. Monsieur Eustache demanda ensuite à voir mademoiselle de Keroy, et lui remit un petit mot de la part de sa maîtresse.

« Ma chère enfant,

» La réponse que j'ai reçue hier de votre tuteur m'a appris que ma proposition vous était agréable ; je doute cependant qu'elle vous le soit autant que votre consentement l'est à votre sincère amie

» EUGÉNIE NAULIN.

6.

» *P. S.* Quelques mots échappés à votre tuteur m'autorisent à vous prier d'accepter la bagatelle que vous remettra mon intendant. Je vous prie de l'employer à ce que vous jugerez convenable, en quittant la maison où vous êtes. »

Cette lettre si charmante et si polie, ainsi que l'attention qu'avait mis cette excellente dame à prévenir les besoins de Caroline, jetèrent cette enfant dans une telle confusion, qu'elle eut peine à faire ses remercîments. Elle le fit cependant, et fort bien, je vous l'assure.

Madame Simon se voyant sur le point d'être débarrassée de Caroline, s'abaissa jusqu'à lui faire des caresses ; et dans la crainte qu'elle ne la présentât sous un jour défavorable, elle affecta de la traiter avec beaucoup d'égards et de complaisance.

— Ma chère, lui dit-elle, je suis désolée de vous voir nous quitter ; mais puisque c'est votre avantage, il faut bien y consentir.

Caroline se retira ensuite dans sa chambre, fit ses paquets, puis elle fit appeler les domestiques ; tous éprouvèrent sa générosité et lui témoignèrent leurs regrets de la voir partir.

Le lendemain, madame Naulin arriva de fort bonne heure chez le banquier.

— Ainsi, ma chère fille, dit-elle à Caroline, vous consentez sans aucune répugnance à vivre avec moi ?

La jeune personne répondit de la façon la plus modeste et la plus respectueuse; et après avoir fait ses adieux à son tuteur et à sa famille, elle monta dans la voiture de madame Naulin, qui la fit placer dans le fond, à côté d'elle, au grand étonnement de madame Simon, qui la faisait monter à côté de son cocher.

Pendant le trajet, madame Naulin informa sa nouvelle compagne de la visite qu'elle avait faite à sa maîtresse de pension, et de la manière avantageuse dont elle lui avait parlé d'elle. Au bout de dix minutes la voiture s'arrêta au n° 17 de la rue de Varennes : c'était la nouvelle demeure de Caroline.

# CHAPITRE V.

Ce premier jour fut employé à instruire Caroline de sa manière de vivre.

« Je ne suis, lui dit sa protectrice, ni d'un âge ni d'un caractère à rechercher les compagnies très gaies ; je vois quelques personnes de la bonne société tant à la campagne qu'à Paris ; mais quoique je me livre rarement aux plaisirs bruyants, je ne m'opposerai pas à ce que vous les goûtiez avec modération, accompagnée de dames auxquelles je croirai pouvoir vous confier, car je ne veux pas que vous pensiez que je veuille vous faire mener une vie de recluse.

» Je veux vous traiter comme ma fille, et je vous assure, ma chère, que l'affection que j'ai conçue pour vous ne peut être affaiblie que par une conduite contraire à celle que vous avez tenue jusqu'à présent. Suivez toujours la même voie, soyez pieuse, et n'hésitez jamais à me confier vos chagrins et vos embarras.

» Je voudrais, mon enfant, gagner votre confiance et votre affection ; je voudrais vous inspirer d'autres sentiments que ceux de la reconnaissance, et que vous ne voyiez en moi qu'une parente indulgente et une amie sincère. »

« Je vous assure, Madame, répondit Caroline, que les obligations que je vous ai me font vous regarder comme mon ange tutélaire, et que les termes me manquent pour vous exprimer la reconnaissance dont mon cœur est pénétré. Je vous supplie d'être persuadée que je ferai tous mes efforts pour régler ma conduite sur les sages conseils que vous voudrez bien me donner. »

Après une longue conversation, madame Naulin conduisit sa protégée dans l'appartement qu'elle lui avait destiné. Il consistait en une chambre à coucher et un cabinet de toilette garni d'une petite bibliothèque de bons livres, qu'elle lui conseilla de lire.

Mademoiselle de Keroy se coucha, mais il lui fut impossible de dormir. Ses réflexions sur son changement d'état troublaient aussi bien son sommeil que la triste situation qu'elle venait de quitter l'avait troublé auparavant.

Plusieurs semaines se passèrent avant que Caroline pût regarder son bonheur autrement que comme un songe agréable. Madame Naulin lui fit de nombreux présents et la présenta dans plusieurs maisons, non comme sa protégée, mais comme son amie et la fille du baron de Keroy.

Ces dames étaient un matin à déjeuner

lorsqu'un domestique vint annoncer que madame Eustache, la mère de l'intendant, était dans l'antichambre. Madame Naulin ordonna de la faire entrer. Le domestique reparut suivi d'une bonne femme qui paraissait avoir environ soixante ans, mais qui était fraîche, et dont l'embonpoint et la physionomie annonçaient la gaieté et la simplicité.

Après bien des : « Non, Madame ; vous avez trop de bonté ; je n'en ferai rien, ce n'est pas ma place ; » elle prit un siége que lui indiqua madame Naulin, qui, avec sa bonté ordinaire, s'informa de toute sa famille, sans oublier le charmant petit-fils.

-- Ah ! oui, Madame, reprit la bonne femme, je puis bien dire qu'il n'y a pas dans le Bocage un si charmant enfant. J'avais bien envie de l'amener, mais les temps sont durs, et dame ! le voyage est cher. Que vous êtes bonne de vous en occuper, Madame ; vous ne ressemblez guère à madame Simon ! doux Jésus !

— Laquelle? demanda madame Naulin.

— La femme du banquier de la rue de Provence. La connaissez-vous, Madame?

— Oui, mère Eustache.

— Ah! Madame, je l'ai tenue sur mes genoux qu'elle n'était pas si haute que la table; mais ce n'est plus la même aujourd'hui, elle ne me reconnaît pas. Dame! les temps sont changés, elle n'est plus la petite Barret.

— Vous connaissez sa famille, à ce que je vois, mère Eustache; dites-moi, je vous prie, quel était son père?

— C'était un des meilleurs hommes qui aient jamais mangé le pain du bon Dieu; il se donnait bien de la peine; mon défunt mari et lui étaient bons amis. Ma fille, votre tenancière, a été élevée avec madame Simon.

— Mais quelle était sa profession? reprit madame Naulin.

— Il était cordonnier à Saint-Servan, et comme il a bien fait ses affaires, la petite a apporté gros à M. Simon.

— Je suppose, madame Eustache, que depuis que vous êtes à Paris, vous avez été voir votre petite amie.

— Oui, Madame, je n'y aurais point voulu manquer. Quand j'y suis allée, un beau laquais de livrée plus belle, sauf votre respect, que celle de Madame, m'a dit qu'elle n'était point encore éveillée (il était midi). Il m'a demandé mon nom et m'a dit de repasser à deux heures. Je suis revenue, elle était encore couchée ; je souhaite qu'elle n'en tombe pas malade, mais tant de sommeil ne vaut rien. Enfin le laquais me dit que ce n'était pas la peine de revenir, parce que sa maîtresse ne connaissait ni moi ni mon nom. Je ne me le fis point dire deux fois, et je tournai les talons. Elle peut être tranquille, je ne salirai pas son escalier.

Mademoiselle de Keroy étant sortie un instant, la bonne mère Eustache dit à madame Naulin :

— Quelle est, je vous prie, cette demoiselle ?

Puis, sans attendre de réponse :

— Mon bon Dieu ! comme elle ressemble à un monsieur que j'ai connu à Saint-Ser-van ; peut-être sont-ils parents.

— Ce monsieur vit-il encore? demanda madame Naulin.

— Madame, je n'en sais rien, car il est parti dans les Indes depuis bien longtemps ; c'était le chevalier de Kerbeck ; au surplus, monsieur Simon pourra vous en dire des nouvelles, car c'est le chevalier qui a fait sa fortune.

— Comment cela, madame Eustache.

— Il faut que vous sachiez, Madame, que le père de monsieur Simon était forgeron pour la marine à Saint-Malo ; comme il avait beaucoup d'enfants, il ne pouvait rien faire pour Simon : mais le chevalier, voyant que ce garçon était intelligent, lui voulut du bien et le recommanda à monsieur... hé! Jésus! son nom m'échappe... pour qu'il en fît son commis ; c'était avant 89. Il travailla si bien chez ce Monsieur, que le chevalier, avant de partir pour l'émigration, lui laissa une assez forte somme. Alors Simon s'associa avec un banquier qui s'appelait monsieur... monsieur... j'oublie tous les noms, mais cela n'y fait rien... A présent, Madame, sans vous commander, dites-moi quelle est cette jeune demoiselle.

Madame Naulin, qui ne trouvait pas la mère Eustache fort propre à garder un secret, se contenta de lui répondre que c'était une jeune personne avec laquelle elle vivait, et sonna pour que sa femme de chambre vînt l'habiller. La mère Eustache sortit; madame Naulin envoya vite sa femme de chambre à son intendant pour l'avertir, lui et les autres domestiques, de ne point nommer mademoiselle de Keroy devant madame Eustache, pour des raisons à elle seule connues.

# CHAPITRE VI.

Madame Naulin part pour son château. — Elle apprend la condamnation de M. Simon comme faussaire. — Ces dames vont à Rennes visiter les petites Sœurs des Pauvres.

Dès que madame Naulin fut seule avec Caroline, elle lui demanda si elle n'avait pas un oncle.

— Madame, j'étais si jeune quand j'ai quitté la Bretagne, que je sais fort peu de chose sur ma famille ; j'ai bien entendu dire que j'avais un oncle qui avait émigré, le chevalier de Kerbeck, le frère de ma mère : il partit pour Madras, disait-on ; mais mon père le croyait mort, n'en ayant pas eu de nouvelles depuis plusieurs années.

Madame Naulin ne laissa rien paraître sur sa figure, elle avait si peur de donner une fausse espérance à sa jeune amie! Mais sans rien lui dire, elle écrivit au directeur de la compagnie des Indes Orientales et le pria de faire les recherches nécessaires pour savoir si M. de Kerbeck existait encore, et, dans ce cas, l'informer de la position où se trouvait sa nièce.

L'hiver se passa ainsi sans nouvelles ; dès que le mois de mai arriva, madame Naulin retourna à sa terre de Feines, à vingt-sept kilomètres sud-ouest de Rennes, avec sa jeune protégée.

Ce fut avec ivresse que Caroline revit la campagne ; il est si doux, quand on y a passé ses jeunes années, de retrouver une prairie émaillée, un champ verdoyant, une haie vive dont les feuilles commencent à bourgeonner, d'entendre le ramage des oiseaux qui semblent chanter un hymne en l'honneur de Celui qui a fait toutes ces choses admirables !

Le château de madame Naulin, d'une architecture ancienne et noble, était bâti sur une colline délicieuse, au milieu d'un grand parc : d'un côté un bois charmant dessiné avec goût ; de l'autre une immense prairie traversée par une petite rivière qui faisait tourner un moulin à l'extrémité de la propriété.

Le village qui en dépendait (autrefois) était bien bâti, les maisons étaient séparées les unes des autres par de petites cours fort propres. Au milieu se trouvait une jolie place, à l'extrémité de laquelle s'élevait l'église. Le presbytère y touchait et avait une avenue qui conduisait à la porte du parc de madame Naulin. Le curé était un beau vieillard d'environ soixante-dix ans, d'une grande éducation et d'une piété exemplaire. Ses manières exquises faisaient rechercher et chérir sa société par toutes les personnes comme il faut du voisinage.

Mes jeunes lecteurs pensent bien que le curé et sa paroissienne s'entendaient fort bien ; madame Naulin avait une si grande confiance en lui, qu'elle le consultait pour toutes ses affaires ; aussi, dès qu'elle fut arrivée dans son château, s'empressa-t-elle d'aller le trouver et de lui raconter l'histoire de Caroline.

Le digne homme lui dit qu'il fallait prendre patience et prier Dieu, ajoutant que tout ce qu'elle lui avait raconté de M. Simon ne l'étonnait pas ; et il lui montra un journal où elle lut la condamnation du banquier à vingt ans de travaux forcés, pour faux en écriture.

— Que va devenir sa famille? s'écria cette charitable dame ; et, oubliant ce qu'elle avait à reprocher à madame Simon, elle lui fit parvenir une assez forte somme d'argent.

La pieuse Caroline aussi pleura en apprenant cette catastrophe, et elle ne songea qu'à prier Dieu, oubliant qu'elle perdait ainsi son chétif patrimoine, car M. Simon avait aussi fait faillite.

Le curé avait près de lui une nièce, jeune fille de l'âge de Caroline; la liaison des deux orphelines ne fut pas longue à se former. Elles passaient leur temps ensemble, soit à travailler, soit à lire les ouvrages que le bon prêtre et madame Naulin leur indiquaient.

Mademoiselle de Keroy se trouvait maintenant fort heureuse et considérait la connaissance de Lucie — la nièce du curé — comme un surcroît de félicité; chaque jour elles faisaient de longues promenades, quelquefois même on s'absentait pour la journée et on faisait quelqu'excursion au loin.

C'est l'un de ces petits voyages que je veux vous conter, car il doit influer sur la destinée de Caroline.

Un matin le bon curé vint au château et fit demander madame Naulin.

— On conteste les miracles, lui dit-il, en voici un pourtant, un miracle de la charité. Il y a à Saint-Servan une jeune fille nommée Jeanne Jugan, pauvre ouvrière, vivant des faibles produits de son aiguille, dans la plus humble vertu, dans les pratiques de la vie la plus pure, mais la plus pieuse. Son confesseur est un vieux prêtre, pieux et pauvre comme elle. Un jour qu'elle réclamait de son expérience un conseil pour s'avancer dans la voie de la perfection chrétienne :

— Le moyen le plus sûr, lui répondit-il, le seul moyen même, c'est la charité : aimez... et faites du bien ; faites du bien à tous, mais particulièrement aux malheureux.

— Faire du bien ! répéta la pauvre fille en songeant à son indigence profonde...

Le saint prêtre, qui la comprit, lui répondit avec la même simplicité :

— C'est possible à tout le monde, au pauvre comme au riche. Que dit saint Pierre à l'aveugle du parvis implorant son secours : Je ne puis vous donner que ce que j'ai. Or, il n'avait pas d'argent... il lui rendit la vue.

— Hélas ! soupira la pauvre Jeanne en regagnant sa mansarde, saint Pierre, lui, avait le don des miracles !...

Ce n'était pas une aspiration, c'était bien un regret d'impuissance que, dans son humilité, exhalait son cœur ; et pourtant, en cet instant, Dieu venait de la choisir pour être l'instrument de l'une des merveilles de cette charité qui a réalisé tant d'œuvres humainement impossibles.

A cet instant, en effet, une bonne vieille femme s'approche d'elle, chancelante, épuisée....

— Qu'avez-vous, ma bonne mère ? lui dit la jeune fille.

— Ah ! je ne peux mès aller plus loin.

— Appuyez-vous sur mon bras, reprend l'enfant avec sollicitude.

Et voilà qu'elles font ainsi quelques pas.

— Où voulez-vous que je vous conduise? reprend Jeanne, qui naturellement s'était dirigée vers sa demeure.

— Où?... fit la vieille en levant les yeux au ciel. Je suis une mendiante... sans asile... Et elle ajoute avec résignation : Sur la première avenue, où je me reposerai...

Jeanne se rappelle ce que lui a dit le bon prêtre : Faire du bien... à tous... mais surtout aux malheureux.

— Venez plutôt chez moi, ma bonne mère, repartit la pieuse enfant; et elles continuèrent péniblement leur route.

Arrivées dans sa mansarde, Jeanne lui répéta les paroles de l'apôtre, en partageant avec elle un morceau de pain noir :

— Je ne puis vous donner que ce que j'ai...

La nuit était venue, elle lui céda son lit. La vieille y resta malade le lendemain... que faire? Ce qu'elle n'eût pas eu le courage d'accomplir pour elle, elle le fit pour la pauvre malade : elle implora la pitié de ses voisines....

La vieille mendiante se vit bientôt entourée de soins et de secours si abondants, qu'on put lui associer une, deux et bientôt trois autres vieilles pauvres infirmes et abandonnées. Une amie de Jeanne vint partager son dévouement ; le bon prêtre donna sa montre d'argent, qui fut vendue pour meubler une seconde mansarde. L'association était fondée, car il y a déjà une maison de l'ordre à Rennes ! Si vous voulez, Madame, nous irons un de ces jours avec nos jeunes filles.

— Certainement, monsieur le curé, répondit madame Naulin, il est toujours bon de montrer de tels exemples à la jeunesse ; demain nous vous prendrons au presbytère à sept heures.

Caroline et Lucie, qui entrèrent en ce moment, sautèrent de joie en entendant parler de départ, et il fallut que Lucie racontât l'histoire à sa compagne.

Le lendemain, personne ne se fit attendre, et à dix heures la voiture s'arrêtait à l'hôtel de France, le plus bel hôtel de Rennes, situé rue de la Monnaie.

Après un déjeuner simple mais copieux, notre petite caravane se rendit à l'établissement des Petites Sœurs — comme on dit. C'était une grande maison qui réunissait une soixantaine de vieillards, hommes et femmes ; la plus grande pauvreté s'alliait à la plus grande propreté ; partout des rideaux blancs, des lits à couvre-pieds blancs ; — mais regardez ce stratagème de la charité : ces rideaux, ces couvre-pieds sont composés de mille pièces de toile cousues avec patience ; — ce qui frappa le plus nos visiteurs, c'est quand ils apprirent que tout ce monde ne mangeait et ne s'entretenait que par les dons quotidiens, tels que dessertes de maisons riches, de pensions et de couvents. C'est ainsi que chaque jour on peut voir à Paris une Petite Sœur et un de leurs vieux pensionnaires parcourant les rues dans une petite voiture attelée d'un âne, recueillant les aumônes en argent et en

nature que chacun leur offre. Voila les mo-
destes ressources que sait féconder et multi-
plier avec une ingénuité touchante l'industrie ingénieuse de la charité. Et quand la
récolte n'est pas copieuse, les pauvres man-
gent et les Petites Sœurs prient Dieu et
vous disent : « Ce sera pour demain. »

— Dieu ! s'écria Caroline, qui aurait dit
que cette humble ouvrière, cette enfant pauvre et modeste, sans rien de ce qui peut
être aux yeux des hommes un germe de
succès, sans éducation, sans relations, sans
appui, allait fonder une association de dévouement, une institution de bienfaisance
aussi admirable?

Après avoir visité la maison en détail,
dortoirs, réfectoires, cuisine, pharmacie,
etc., nos voyageurs reprirent le chemin de
Feins, où ils rentrèrent le soir fort tard.

# CHAPITRE VII.

Le curé de Feins va confesser un vieil émigré à Vezin. — Son testament en faveur de Caroline de Keroy. — Caroline revient à Paris. — Elle retrouve madame Simon.

Depuis que Caroline avait visité les Petites Sœurs des Pauvres, elle ne cessait d'en parler, elle regrettait de n'avoir plus rien à elle pour pouvoir leur offrir. C'était son unique conversation avec Lucie, et chaque jour elles allaient porter les consolations et les secours chez les pauvres de Feins.

— Ah ! que je voudrais être Petite Sœur, disait Caroline; mais je n'ai rien, je serais un membre inutile, et puis je dois tant à

madame Naulin, qu'il me serait bien dur de
la quitter.

Le temps s'écoulait ainsi sans apporter
aucun changement dans la vie de ces dames ; aucune nouvelle des Indes n'était par-
venue.

Un jour Lucie vint de bonne heure dans
la chambre de Caroline, et lui dit :

— Ma chère petite, je viens passer toute
la journée avec toi, car mon oncle est parti
ce matin de fort bonne heure, et il ne ren-
trera que fort tard ce soir ; il viendra me
reprendre.

— Où est donc allé notre bon curé ?
demanda Caroline.

— On l'a fait demander pour confesser
un vieil émigré revenu depuis peu en Bretagne, et qui habite Vezin, à plus de cinq
lieues d'ici.

— Comment, n'ont-ils pas un curé et un
ermite ?

— C'est vrai, répondit Lucie ; mais il ne
veut se confesser qu'à mon oncle ; et quand

les paysans ont su cela, ils ont dit : « Sommes-nous heureux d'avoir un curé savant et bon comme un archevêque, recherché de bien loin ! »

Madame Naulin emmena ses deux jeunes compagnes chez une amie du voisinage; elles y dînèrent et ne rentrèrent que le soir.

À leur retour, elles trouvèrent le curé, qui leur raconta qu'il avait été appelé par un vieil émigré pour recevoir un testament qui, à ce qu'il espérait, ferait le bonheur d'une pieuse jeune fille.

— De la façon dont vous en parlez, dit madame Naulin, je présume que ce n'est pas un secret. Dites-moi, connais-je les parties intéressées ?

— Pas encore, je crois, répliqua-t-il; mais peut-être tout-à-l'heure en connaîtrez-vous une.

— Vous piquez ma curiosité, dit-elle, et je ne vous donnerai point de repos que vous ne m'ayez mise au fait.

7.

— Je ne vous tourmenterai pas plus longtemps, Madame, repartit le curé, et je vais vous conter toute l'histoire. Ayant été introduit chez le malade, il m'a dit qu'il ne m'appelait pas pour le confesser, mais pour me demander un conseil; et aussitôt, en présence de deux personnes, il a ajouté que pour obliger un jeune homme devenu faussaire, il avait fait un testament en sa faveur, et qu'ainsi il avait maltraité...

— Je sais qui, s'écria madame Naulin... que Dieu est bon !... mais continuez.

— Il avait maltraité une nièce, reprit le curé, qui devait être aujourd'hui dans la misère. Mon intention, continua le malade, est de brûler ce premier testament, que vous trouverez dans mon secrétaire, et d'en faire un dernier; c'est pour cela que je vous ai envoyé chercher, aidez-moi à favoriser cette pauvre nièce; car je ne mourrais pas content si je ne lui avais point rendu justice.

En conséquence j'ai dressé le testament, continua le curé, et il a signé cet acte, par

lequel il laisse tout son bien à sa nièce.
Maintenant, Mesdames, que vous savez l'histoire, je vais vous dire quel était le nom du
faussaire : c'était M. Simon.

— M. Simon, mon tuteur? s'écria Caroline.

— Hélas! oui, mon enfant, lui répondit
madame Naulin, et le testateur c'est le chevalier de Kerbeck...

— Mon oncle, le frère de ma mère! Ah!
je comprends tout ; mais je veux le voir.

— Inutile, mon enfant ; il est dans le
séjour des justes, il est mort en vrai chrétien, il est mort sachant que vous viviez
heureuse grâce aux bienfaits de madame
Naulin.

— Ah! dit la pauvre Caroline — en se
jetant au cou de sa protectrice — je n'ai plus
que vous, Madame, vous êtes ma seule famille ; c'est à vous que se confie la pauvre
orpheline, voulez-vous être ma mère?

— Oui, mon enfant, soyez ma fille, res-
tez avec moi jusqu'au jour où Dieu, dans

son infinie miséricorde, voudra bien me rappeler à lui pour jouir éternellement d'un bonheur sans fin. Mais n'attristez pas davantage cette journée où vous avez perdu le dernier de vos parents, et prions Dieu pour lui.

Après une courte prière, le curé et sa nièce quittèrent le château et rentrèrent au presbytère.

Dès ce jour la vie de Caroline était bien changée ; toute heureuse qu'elle était déjà avec la bonne madame Naulin, elle avait toujours regretté de lui être à charge ; aujourd'hui, sans être riche, elle avait une modeste aisance et elle pouvait faire la charité sans que personne le sût. Elle était si pénétrée que la vie est un passage, passage étroit et rempli d'aspérités, qu'elle s'étudiait à les surmonter toutes, n'ayant plus qu'un but : la vie éternelle. C'était l'ange de Jésus, comme disaient les paysans.

Mais l'hiver arriva et madame Naulin annonça son prochain départ pour Paris ; ce

fut une grande peine pour Caroline, elle
regrettait sa bonne Lucie, elle aurait bien
voulu l'emmener, mais le bon curé ne se
séparait pas ainsi de sa bonne petite nièce.

Il fallut enfin se dire adieu, non sans se
promettre de s'écrire souvent, c'est la seule
consolation des absents.

La première chose que Caroline fit en arrivant à Paris, fut de s'informer de madame
Simon ; la bonne jeune fille, oubliant tous
les mauvais traitements que la femme du
banquier lui avait infligés, n'avait plus qu'un
désir : celui de la secourir.

Après bien des démarches, elle apprit que
madame Simon demeurait rue Montparnasse, n° 33. Un matin, elle se rendit chez
la femme de son tuteur, et voici ce qu'elle
apprit. Ecoutons-la raconter, elle écrit à sa
chère Lucie :

« Ma bonne Lucie,

» En arrivant à Paris, j'ai voulu retrouver cette pauvre madame Simon, la

femme de mon tuteur; je pensais bien qu'habituée à la richesse, le malheur devait la terrasser. Enfin, hier j'ai appris qu'elle habitait avec ses deux filles une mauvaise chambre de la rue Montparnasse. Je m'y suis rendue immédiatement et j'ai trouvé — vous croyez peut-être trois femmes dans le plus profond découragement? — trois femmes le sourire aux lèvres; l'une va en journée au petit séminaire de la rue Notre-Dame-des-Champs, tandis que les deux autres travaillent chez elles; elles gagnent ainsi quatre francs par jour; c'est bien peu, mais elles trouvent encore le moyen d'envoyer quelques secours à leur malheureux père, condamné, comme vous le savez, à dix ans de travaux forcés. J'ai été frappée de ce changement, mais j'ai tout compris quand j'ai su que ces pauvres femmes avaient été secourues dans les premiers jours de leur infortune par une bonne Sœur de charité. Oui, ma bonne amie, aujourd'hui elles sont pieuses! Dieu leur a fait une bien

grande grâce. Comment eussent-elles sup-
porté tous leurs maux? Je l'en remercie tous
les jours, et le prie pour la bonne Sœur qui
les a converties.

» Oh! ma chère Lucie, qu'elles sont heureuses les dames de charité! je vous le ré-
pète, si jamais j'ai le malheur de perdre ma
seconde mère, je veux me vouer à Dieu, je
me ferai Petite Sœur des Pauvres.

» Adieu, ma chère amie, présentez bien
mes respects à votre bon oncle et croyez à
l'attachement sincère de

» CAROLINE DE KEROY. »

Cette lettre bien simple en elle-même
suffit pour peindre le caractère angélique de
mademoiselle de Keroy Je vous engage
bien, mes jeunes lecteurs, à la méditer;
vous apprendrez, si vous l'avez oublié,
qu'un chrétien doit toujours rendre le bien
pour le mal.

Mais revenons à Caroline. Il n'y avait pas
huit jours qu'elle avait visité madame Si-

mon pour la première fois, quand elle reçut
de Lucie la lettre suivante :


« Chère Caroline,

» J'ai lu et relu votre lettre ; elle m'a fait
bien plaisir, vous devez le penser. J'ai ad-
miré votre charité, qui vous a fait oublier
les mille tourments que vous avez eus à supporter de la femme de votre tuteur ; mais je
vous ai reconnue là. J'aurais bien peu de
choses à vous dire si vous ne m'aviez parlé
des Petites Sœurs ; cependant je veux vous
raconter ce qui vient de se passer à Rennes
depuis votre départ ; c'est un miracle : le
miracle de la Vierge aux Confitures. Il y a
quelques jours, la bonne supérieure s'aperçut qu'elle n'avait plus de confitures pour
ses vieillards ; que faire ? leur donner du
pain sec à leur goûter, c'est bien peu. Elle
ne se désole point et va se mettre en prières
aux pieds de la bonne Vierge... elle se re-
lève, une idée vient de lui traverser l'esprit ;
écoutez : elle se rend à l'office, prend tous

les pots de confitures, les dispose en rond
sur une table et met au milieu une statue de
la vierge Marie ; puis elle invite tous les
visiteurs à venir voir la Vierge aux Confitures. Je n'ai pas besoin d'ajouter que les
pots se sont promptements remplis ; la
bonne Sœur en a même trouvé plus qu'elle
n'en avait mis.

» Voilà, ma chère Caroline, le miracle
sujet de toutes les conversations de Rennes.
Adieu, ma bonne, présentez à madame Naulin les respects de mon oncle et ceux de
votre tendre

» LUCIE. »

# CHAPITRE VIII.

Maladie de madame Naulin. — Elle va aux eaux d'Uriage — Journal de Caroline.

Vers cette époque la santé de madame Naulin s'altéra gravement, et de vives alarmes vinrent assiéger la bonne Caroline. Après un long traitement, les médecins lui ordonnèrent les eaux d'Uriage. Il fut décidé que madame Eustache accompagnerait ces dames ; cette vieille servante, dont nous avons déjà parlé, était le type de ces fidèles serviteurs du vieux temps, qui, après avoir trouvé dans une famille, pendant leur jeunesse, bonté et protection, et lui avoir donné

en retour leurs forces, leur travail et un
dévouement sans bornes, arrivaient à être
regardés comme un de ses membres. L'attachement de leurs maîtres, leurs soins et
leur confiance étaient alors la douce et flat-
teuse récompense d'une vie consacrée à leur
service et aux soins de leurs intérêts. Je
rappelle seulement et bénis ces anciennes
mœurs qui contribuaient à un bonheur mu-
tuel, et je n'établis pas le parallèle affligeant
du passé et du présent, de la domesticité
d'autrefois et de celle d'aujourd'hui, qui a
pris une attitude hostile à l'égard de ceux
en qui elle trouvait autrefois des protecteurs
et souvent des amis.

Le voyage devait se faire à petites journées, et comme la distance était grande, on
avait compté passer au moins huit jours en
route pour épargner toute fatigue à madame
Naulin. Le 25 mai fut le jour fixé pour le
départ.

. . . . . . . . . . . . . . .

Trois jours s'étaient écoulés, et déjà nos

voyageurs étaient à trente lieues de Paris. Lucie, dans le fond de sa Bretagne, attendait avec anxiété la lettre que Caroline avait promis de lui écrire dès la première soirée du voyage. Chaque matin elle allait au-devant du *piéton*, ce messager des campagnes dont le retard cause tant d'alarmes, et l'arrivée tant d'émotions. Enfin, le cinquième jour, Lucie s'élance en le voyant lui tendre une lettre. Elle lut ce qui suit :

« Ne croyez pas, ma chère Lucie, que j'ai manqué par négligence à la promesse que je vous avais faite. Le départ de la poste ayant eu lieu hier un peu avant notre arrivée, j'ai été forcée de différer, ce qui vaut mieux peut-être, puisque vous recevrez ainsi des nouvelles de nos trois premières journées. Ma bonne mère adoptive a bien soutenu la fatigue que nous redoutons tant pour elle, et si je me livrais à l'espérance, je dirais que le mouvement et le changement d'air ont déjà quelque influence sur sa santé, car elle a mieux dormi, et mangé avec plus d'appétit.

» Nous sommes à Sens, une des plus anciennes villes de France, située sur les bords de l'Yonne. Les Romains, qui l'occupèrent longtemps, y ont laissé des monuments dont il existe quelques ruines ; on y a trouvé des mosaïques et des bas-reliefs. Aujourd'hui le principal édifice est la cathédrale, belle église gothique avec des vitraux du fameux Jean Cousin, peintre-vitrier du seizième siècle. On y voit le mausolée, en marbre blanc, du Dauphin et de la Dauphine, parents du roi Louis XVIII. Dans la sacristie, on conserve la chasuble de Thomas Becket, archevêque de Cantorbéry, qui habita Sens pendant une année. Voilà ce que j'ai vu, madame Naulin a paru s'intéresser beaucoup à toutes ces curiosités. Sa nuit a été bonne. Je vous quitte, ma bonne Lucie, car il est tard. Je reprendai prochainement une conversation qu'il me coûte toujours d'interrompre. »

Cette lettre, comme nous venons de le voir, devait bientôt être suivie de plusieurs au-

tres. Réunies, elles forment un petit journal
fort instructif qui, je suis sûr, intéressera
mes jeunes lecteurs ; le voici :

« Ma bonne Lucié, voici trois jours que
je ne t'ai écrit ; mais on est toujours si
pressé en voyage, que tu me le pardonneras.
Grâce à Dieu, madame Naulin supporte
bien les fatigues de la route. Nous nous
sommes arrêtées à Auxerre, chef-lieu du
département de l'Yonne. D'un côté, on
aperçoit la haute cathédrale gothique qui
domine toute la ville, et de l'autre les débris
de l'ancienne abbaye de Saint-Germain.
L'évêque avait autrefois une grande juridic-
tion ; en reconnaissance du service que lui
rendit au quinzième siècle le maréchal de
Chastelux, en repoussant de cette ville le
connétable d'Ecosse, et en la conservant aux
chanoines, il lui accorda le privilége de
prendre place parmi eux tant au chapitre
qu'au chœur de l'église.

» Auxerre est une ville fort ancienne. Sa

population est de onze mille cinq cents habitants.

» Nous avons ensuite traversé Châblis, pays vignoble dont le vin est fort estimé, puis Coulange-la-Vineuse, ainsi nommée à cause de son bon crû. En 1705 cette petite ville éprouva une telle disette d'eau qu'on dut éteindre un incendie avec du vin ; mais aujourd'hui, grâce aux travaux de l'ingénieur Couplet, elle n'en manque plus.

» Aujourd'hui nous sommes à Avallon, charmante ville située sur un rocher de granit, autour duquel on ne voit que vignes et prairies. Les rues sont larges et les maisons bien bâties, mais il n'y a guère que l'église et le château qui puissent attirer l'attention. »

Lyon, 5 juin.

« Voici dix jours que nous sommes parties, notre voyage sera plus long que nous ne l'avions pensé ; mais nous ménageons cette bonne madame Naulin, et cela vaut mieux. Nous n'avons eu que fort peu de

chemin à faire pour entrer dans le département de Saône-et-Loire. Le chef-lieu est
une ville bien ancienne. Autun, située sur
l'ancien territoire des Eduens; on y voit de
nombreuses traces d'édifices romains. La
cathédrale est une fort belle église, mais
elle est loin, je trouve, de sa réputation.

» Cluny, que nous n'avons fait que traverser, possédait autrefois une abbaye des
plus savantes ; mais il ne reste plus que des
ruines au milieu desquelles s'élève un haras.
Quelle profanation ! qui en rendra compte
à Dieu ! Nous avons séjourné à Mâcon, chef-
lieu du département, bâti sur les bords de la
Saône.

» L'aspect de Mâcon est fort triste, les
rues y sont étroites et irrégulières, et les
maisons mal bâties. Les meilleurs hôtels
sont situés sur le quai. On y fait un grand
commerce de vins. Les seuls édifices remar-
quables sont l'église Saint-Vincent et un
grand Hôtel-Dieu.

» Enfin nous sommes aujourd'hui à

Lyon, d'où je vous écris. Lyon est sans contredit la seconde ville de France, et sa splendeur a précédé de plusieurs siècles celle de Paris, puisque sous les Romains c'était déjà une ville grande, riche et importante, tandis que Paris ou Lutèce ne faisait que sortir de l'état obscur d'un faubourg. Le confluent du Rhône et de la Saône était, en effet, une excellente position pour une grande ville, surtout lorsque la Méditerranée était la seule mer fréquentée par les navires de commerce.

» Après avoir été brûlée, Lyon renaquit de ses cendres par les soins de ce même Néron qui s'était récréé du spectacle de l'incendie de Rome. Après avoir été la première ville païenne de la Gaule, Lyon devint encore une des premières villes chrétiennes de France.

» Quand la culture de la soie se propagea dans le midi de la France, Lyon se remplit de manufactures ; mais, hélas ! le règne de la Terreur, pendant la révolution, porta un

8

coup funeste à cette ville florissante. Une partie de la population, irritée des mesures tyranniques de la Convention nationale, s'empara de l'Hôtel-de-Ville ; aussitôt la Convention, dans sa fureur, décrète la destruction de la ville : celle-ci résiste, mais enfin elle succombe aux attaques des troupes envoyées contre elle ; des massacres cruels suivent cette défaite ; la place Bellecour est couverte de ruines ; le commerce et les manufactures sont anéantis. Heureusement, les furieux qui dirigeaient le gouvernement perdent leur pouvoir, et Lyon respire enfin. Bonaparte, premier consul, fit relever les édifices de la place Bellecour, l'industrie et le commerce se ranimèrent ; la paix de l'Europe ne tarda pas à donner une nouvelle activité aux manufactures, et Lyon est la première ville de France et même de l'Europe pour ses soieries.

» Maintenant parlons un peu de la ville.

» Lyon, avec ses trois faubourgs de Vaise, de la Croix-Rousse et de la Guillotière, ren-

ferme jusqu'à trois cent mille habitants.
L'intérieur de la ville ressemble à celui de
toutes les villes anciennes ; un grand nombre de rues étroites et malpropres, pavées
de petits cailloux ronds, la rendent fort peu
agréable aux piétons. Mais la place Bellecour, au milieu de laquelle s'élève la statue
de Louis XIV, est digne d'une grande ville.

» Lyon a un archevêché et une cathédrale
gothique, dont les chanoines portaient autrefois le titre de comtes. Il existe dans cette
église une horloge curieuse, mais dont le
mouvement est détraqué, comme celle de
Strasbourg.

» Les Brotteaux sont la promenade de la
ville. Je suis monté à Notre-Dame de Four-
vières, pèlerinage où l'on accourt de loin,
c'est une chapelle bâtie sur une grande hau-
teur, d'où l'on domine Lyon et les environs ;
j'y ai entendu la messe ; les Lyonnais sont
fort pieux.

» Adieu, ma chère Lucie, j'espère que ma
prochaine lettre sera datée d'Uriage. »

Uriage, ce 10 juin.

« Nous voici arrivées, mais je ne vous
dirai pas grand'chose, car je suis triste : ma
bonne madame Naulin est dans un état de
fatigue désolant; peut-être avons-nous fait
trop vite la route de Lyon à Grenoble. La
voyant si souffrante, j'ai voulu l'installer
promptement, et nous n'avons fait que traverser cette ville. Nous sommes à Uriage
depuis deux jours; c'est un magnifique établissement sous tous les rapports. Quel beau
pays ! on y respire l'air pur des montagnes;
puisse-t-il rendre la santé à ma bonne amie.
Mais je vous dis adieu, car je vais la conduire prendre son bain. Priez bien Dieu
pour elle, je la trouve bien changée. »

# CHAPITRE IX.

Les eaux thermales d'Uriage existaient du temps des Romains; des fouilles faites dans ces dernières années par M. le comte de Saint-Ferriol ont mis à découvert les fondations de l'ancien établissement. Ces eaux sont utiles pour les maladies de la peau, les affections goutteuses ou rhumatismales, et aussi pour celles qui ont leur siége dans les organes de la digestion.

De grands bâtiments reçoivent les malades; ils y trouvent non-seulement toutes les ressources sanitaires qu'ils peuvent désirer, mais encore tout le confort et l'agréable. Je n'entrerai point dans des détails plus étendus; le lecteur pourra en trouver dans les ouvrages spéciaux.

Revenons à nos voyageurs. Madame Naulin, depuis longtemps accoutumée à mener une vie retirée, ne songeait point à rechercher la société; mais une circonstance fortuite lui fit retrouver une ancienne amie, qu'elle avait connue en Allemagne, pendant l'émigration. Cette dame, veuve, habitait ordinairement Fontainebleau, résidence royale située à quinze lieues de Paris; et, affectée d'un rhumatisme depuis plusieurs années, elle venait régulièrement prendre les eaux à Uriage. Elle y occupait une chambre contiguë à l'appartement de madame Naulin, dont le nom lui rappela une ancienne liaison de famille. La reconnaissance fut prompte; et bien que la séparation eût été longue, on se revit avec joie. Madame de

Cessy, âgée d'à peu près soixante. ans, d'un caractère aimable, d'un esprit gracieux et cultivé, d'une douce et tranquille piété, faisait une société très agréable. Chaque soir ces dames se réunissaient et causaient en se livrant à des travaux d'aiguille ; madame de Cessy racòntait mille légendes qu'elle avait entendues en Allemagne. Lucie l'arrêta un jour au passage et lui demanda le manuscrit qu'elle lisait ; je le mets sous les yeux de mes lecteurs, espérant qu'ils excuseront cette digression, et même qu'ils m'en sauront gré.

# LA CUILLER D'ARGENT.

(TRADUIT DE L'ALLEMAND.)

À Vienne, un officier se dit un jour : Il faut cependant que j'aille dîner au *Bœuf-Rouge*, et le voilà au *Bœuf-Rouge*. Là se trouvaient des visages connus et des figures étrangères, des personnes de tout rang, et, comme partout, d'honnêtes gens et des fripons. On buvait, on mangeait, l'un beaucoup, l'autre peu. On discutait, on parlait de choses et d'autres. Vers la fin du repas, l'un, pour terminer dignement la séance, partage avec son voisin encore une bouteille de vin de Hongrie ; un autre s'amuse à rouler dans ses doigts des boulettes de pain tendre, comme un apothicaire fait des pilu-

les. Un troisième joue avec son couteau, ou
avec sa fourchette, ou avec sa cuiller. Alors
par hasard les regards de l'officier se portè-
rent sur un homme en habit vert, qui jouait
avec sa cuiller d'argent ; mais que vit-il ?
tout-à-coup la cuiller glissa dans la manche
de l'habit vert, et elle n'en ressortit plus.

Un autre se serait dit : Que m'importe ?
et aurait gardé le silence, ou bien aurait fait
grand bruit ; mais notre officier fit une réflexion : Je ne sais pas après tout ce que
c'est que ce chasseur aux cuillers ; et cela
pourrait donner une mauvaise affaire. Il ne
souffla donc pas le mot jusqu'à ce que l'aubergiste vînt recueillir l'argent ; alors seulement l'officier prit aussi une cuiller d'argent,
et la passa dans deux boutonnières de son
habit, comme les soldats font à l'armée,
quand ils emportent leur cuiller, mais pas
de soupe. Pendant que l'officier payait son
écot, l'hôte, les yeux fixés sur son habit, se
disait en lui-même : Voilà un singulier
ordre militaire dont ce Monsieur porte la

8.

décoration! il faut qu'il se soit distingué dans une affaire contre une soupe aux écrevisses, pour avoir obtenu une cuiller d'honneur ; ou bien par hasard ne serait-ce pas une des miennes?... L'officier, après avoir payé à l'hôte son écot, lui dit du plus grand sérieux : Ah çà! la cuiller va par-dessus le marché, n'est-ce pas? vous nous faites payer assez cher pour cela. — Il ne m'est jamais arrivé rien de semblable, repartit l'hôte ; si vous n'avez pas de cuiller chez vous, je vais vous en donner une d'étain ; mais laissez là ma cuiller d'argent. L'officier se leva, frappa sur l'épaule de l'aubergiste, et lui dit en riant : Soyez tranquille, ce n'est qu'une plaisanterie que nous avons voulu faire, moi et ce monsieur en habit vert là-bas. Allons, Monsieur, rendez la cuiller que vous avez dans la manche, et moi je vais rendre la mienne. Lorsque l'escamoteur de cuillers vit qu'il était trahi et qu'un œil honnête avait surpris sa main coupable, il jugea prudent de profiter du tour plaisant qu'on don-

naît à l'affaire ; il rendit aussitôt la cuiller,
et se mit à faire chœur avec les rieurs...
mais sa joie ne fut pas de longue durée, car
les autres convives, témoins de cette scène,
chassèrent le voleur de l'hôtel, en l'accablant
d'injures et de huées.

Ainsi se passèrent les trois semaines ap-
pelées la saison des eaux ; la santé de madame Naulin, quoique faible, se maintenait
assez bien, et vers le vingt-cinq juin ces
dames songèrent à aller finir la saison à
Feins ; madame de Cessy les accompagna.
Caroline avait trop joui de sa société si
agréable pour ne pas désirer que sa bonne
Lucie en eût une petite part. Voici ce qu'elle
lui écrivait à cette époque :

« Ma bonne Lucie,

» Je puis enfin vous donner de meilleures
nouvelles de madame Naulin. Les effets de
son séjour ici dépassent de beaucoup mes
espérances ; bien qu'encore faible, je la
trouve plus forte qu'à son arrivée. Je suis

convaincue que l'air de la Bretagne et le
voisinage de son bon curé ne tarderont pas
à la remettre tout-à-fait, et cela bientôt,
car notre temps d'exil est fini ; dans huit
jours nous serons à Feins, avec une compagne de plus ; je ne vous en parle pas, vous
l'apprécierez et l'aimerez promptement.
Priez bien Dieu avec votre oncle pour que
le voyage ne fatigue pas trop ma bonne
amie. Adieu, à bientôt.

» CAROLINE DE KEROY.

» P.-S. Je vous envoie ci-inclus un petit
paquet que je vous prierai de faire remettre,
sans me nommer, aux Petites Sœurs de
Rennes ; j'y pense toujours. »

. . . . . . . . . . . . .

La route et ses fatigues, l'absence, tout
est oublié. Madame Naulin, Caroline et madame de Cessy sont arrivées plus tôt qu'on
ne l'espérait : néanmoins le bon curé et sa
nièce étaient sur la route depuis la lettre de
leur jeune amie ; ils ne pensaient plus qu'à

l'heureux retour de leurs voisines. Ce n'est
pas seulement une châtelaine bien-aimée
qui revient au milieu de ses villageois, une
aimable compagne qui rentrait après une
longue absence ; c'était une malade rendue
à la santé. Il n'est pas jusqu'aux serviteurs
qui, l'un après l'autre, n'accourent empressés
de retrouver leur maîtresse en meilleur état ;
chacun s'en retourne joyeux et va raconter
les merveilleux effets de ce voyage, duquel
on n'osait guère les espérer.

A peine arrivée, Caroline présente à madame de Cessy sa chère Lucie, dont elle lui
a tant parlé. Si souvent elle l'a entretenue
de son amie et de son bon oncle, que l'arri-
vante croit plutôt retrouver d'anciennes con-
naissances qu'en faire de nouvelles.

# CHAPITRE X.

Le temps, qui ne s'arrête jamais, a promptement amené le terme des six semaines que madame de Cessy a destinées aux habitants de Feins. Son départ approche. Elle se dirigeait un jour vers le presbytère pour voir le curé, qu'une indisposition passagère retenait chez lui, lorsqu'elle voit venir à elle Lucie, qui lui annonce que son oncle vient de partir pour un incendie, avec les paysans.

— On est venu, dit-elle, le chercher ce matin, car la flamme d'un incendie brillait à l'horizon ; et comme c'était la ferme du père André, qui aime très peu mon oncle, il a cru de son devoir de courir encore avec plus d'empressement à son secours.

Les dames s'étaient assises sur le pas du presbytère, et causaient, lorsqu'elles virent un jeune gars d'une dizaine d'années, qui courait à perdre haleine.

— Qu'as-tu donc, petit ? lui demande Caroline.

— Oh ! Mademoiselle, dit l'enfant sans s'arrêter, c'est M. Eustache, l'intendant de Madame, à qui il est arrivé un grand accident, je cours chercher le médecin.

On juge du saisissement de ces dames. Elles se dirigent immédiatement vers la ferme, elles voient de loin les habitants formant des groupes et exprimant par leurs gestes l'intérêt et l'anxiété.

Elles arrivent à une chaumière où on a déposé le blessé.

— Ne vous alarmez pas, dit le curé de Feins, j'espère que sa vie n'est pas en danger.

A ce moment, le bruit du galop d'un cheval et les cris du paysan annoncent l'arrivée du médecin; ces dames passent dans la pièce voisine et recueillent de diverses bouches le récit suivant.

Après deux heures de travail, on espérait sauver une partie des bâtiments, quand tout-à-coup la flamme s'élance du toit, à une extrémité de la maison qu'on croyait épargnée par les flammes. Un enfant y était couché; des cris affreux se font entendre, M. Eustache quitte la chaîne pour voler au secours de ce malheureux; l'escalier est en feu, il saisit une échelle, l'applique contre le mur, arrive à la fenêtre, se précipite dans la chambre, saisit le précieux fardeau et regagne l'échelle.

Il en avait déjà descendu les premiers échelons; mais les autres, déjà carbonisés, manquent sous ses pieds. Il est jeté au milieu dè la foule, qui pousse un cri d'horreur.

Ce brave homme, gêné dans ses mouve-
ments par l'enfant qu'il portait, tombe rude-
ment; et, quand on accourt à son aide, un
cri de douleur qui lui échappe annonce qu'il
est grièvement blessé. En effet, il s'est frac-
turé le bras. La foule l'entoure, et par ses
acclamations exprime son admiration et sa
reconnaissance; mais il s'oublie lui-même
pour s'assurer du sort de la victime qu'il a
voulu sauver. Elle est en effet sauvée, l'enfant n'a que de légères contusions.

Le chirurgien posa un premier appareil,
et ces dames purent rentrer auprès de leur
malade, qu'elles ne cessèrent de soigner
durant quelques semaines qui précédèrent
sa guérison. Je ne vous dirai point leur
joie enfantine en voyant ce pauvre bras
commençant à agir. Madame de Cessy est
partie; la belle saison touche à sa fin. La
température, déjà fraîche, annonce l'arrivée
de l'automne avec ses richesses d'abord et
ses teintes variées. Les soirées déjà plus

longues et là rosée du matin plus abondante, font déjà pressentir le départ de madame Naulin. Sa santé toujours chancelante semblait souffrir davantage de la température irrégulière de l'arrière-saison ; petit à petit ses forces s'en allaient ; c'était à peine si elle pouvait se tenir plusieurs heures levée.

Caroline conçut dès les premiers jours de vives inquiétudes, et elle s'empressa de demander une consultation. Deux médecins venus de Rennes examinèrent la malade, et, aidés du diagnostic du docteur de Feins, ils la déclarèrent atteinte d'une phthisie pulmonaire. Notre jeune amie, forte et courageuse comme le sont les femmes chrétiennes, supporta ce coup avec une résignation admirable ; et pourtant elle perdait tout avec madame Naulin : protection et affection. Comme elle priait Dieu chaque soir ! Puis, lorsqu'elle songeait à ce malheur, elle se disait : La douleur n'est pas seulement un châtiment ; comme le feu, elle purifie l'âme. Mon

Dieu, que votre sainte volonté soit faite ! Et elle pleurait.

Madame Naulin s'affaiblissait de jour en jour ; elle voyait venir la mort en souriant. Et en effet, pourquoi la craindre, pourquoi la voir arriver avec frayeur ? N'est-ce point pour le juste le plus beau moment : il va voir son Dieu et jouir au ciel de la joie éternelle.

Chaque jour madame Naulin recevait la sainte communion ; chaque jour elle causait avec le bon curé, qui l'entretenait des vérités de la religion et des félicités sans fin du royaume céleste.

Un soir, la journée avait cependant paru meilleure, Caroline lisait le chapitre XXIII du livre Ier de l'*Imitation de Jésus-Christ*.

### DE LA MÉDITATION DE LA MORT.

Elle commençait le premier verset et disait :

« Ce sera bientôt fait de vous ici-bas ; voyez en quelle disposition vous êtes. »

« L'homme qui vit aujourd'hui, ne paraît plus demain »..... lorsqu'un profond soupir fit lever la tête à Caroline... Un secret pressentiment... elle appelle, point de réponse... elle se précipite... il n'y avait plus qu'un cadavre le sourire aux lèvres.

La sainte femme était morte, morte en priant Dieu !

## CONCLUSION.

Une année s'est écoulée depuis la mort de madame Naulin ; elle a laissé la moitié de sa fortune à Caroline ; l'autre moitié a été donnée à l'église de Feins et employée en legs à diverses personnes.

Mais Caroline n'a pas voulu rester dans le monde exposée aux mille tentations qu'on y rencontre ; et d'ailleurs vous vous rappelez ses lettres à Lucie.

Un grand établissement vient de se fonder rue du Regard, n° 17 : cette maison est un asile. pour les vieillards des deux sexes desservi par les Petites Sœurs des Pauvres ; elle a été fondée par la garde nationale. Là, plus de deux cents personnes reçoivent chaque jour la nourriture des mains des saintes femmes qu'aucune maladie ne rebute. L'une d'elles se nomme sœur Saint-Joseph... c'est mademoiselle Caroline de Keroy.

Cette année, j'eus l'honneur d'être l'une des personnes choisies pour servir la bouillie de Noël aux pauvres ; — c'est un repas que des âmes charitables offrent aux vieillards le jour de Noël ; j'ai vu la petite sœur Saint-Joseph, c'est elle qui m'a raconté cette touchante histoire ; elle a bien voulu me permettre de l'écrire.

Puisse ce simple récit intéresser et instruire mes jeunes lecteurs !

Maintenant vous demanderez peut–être ce que sont devenues madame Simon et ses deux filles?

La pauvre femme était à *la bouillie de Noël...* c'était une des pensionnaires des Petites Sœurs ; ses deux filles sont mortes... mortes de faim !

M. le curé de Feins vit toujours avec sa bonne Lucie, qui voudrait bien partager les travaux de Caroline ; mais elle sait trop ce qu'elle doit à ce digne oncle.

FIN.

# TABLE.

—

### Sœur Angèle.

### La petite Sœur des Pauvres.

FIN DE LA TABLE.

LIMOGES ET ISLE,
Typographies Eugène Ardant et Ch. Thibaut.

www.ingramcontent.com/pod-product-compliance
Lightning Source LLC
Chambersburg PA
CBHW070849030726
47504CB00005B/1276

* 9 7 8 2 0 1 3 7 5 3 0 5 0 *